Pink

Collection Intime

Sylvie-Catherine De Vailly

Pink

TRÉCARRÉ
Une compagnie de Quebecor Media

Catalogage avant publication de Bibliothèque et Archives nationales du Québec
et Bibliothèque et Archives Canada

De Vailly L., Sylvie-Catherine, 1966-

    Pink
    (Collection Intime)
    Pour les jeunes de 10 ans et plus.
    Texte en français seulement.
    ISBN 978-2-89568-472-5
    I. Titre. II. Collection: Collection Intime.

PS8593.A526P56 2010   jC843'.54   C2010-941209-5
PS9593.A526P56 2010

Édition : Miléna Stojanac
Révision linguistique : Marie Pigeon Labrecque
Correction d'épreuves : Violaine Ducharme
Grille de la couverture : Chantal Boyer
Grille graphique intérieure : Chantal Boyer
Mise en pages : Amélie Côté
Illustration de la couverture : Géraldine Charette

Remerciements
Les Éditions du Trécarré reconnaissent l'aide financière du gouvernement du Canada par
l'entremise du Fonds du livre du Canada pour ses activités d'édition. Nous remercions le
Conseil des Arts du Canada et la Société de développement des entreprises culturelles du
Québec (SODEC) du soutien accordé à notre programme de publication. Gouvernement du
Québec – Programme de crédit d'impôt pour l'édition de livres – gestion SODEC.

Les Éditions du Trécarré
Groupe Librex inc.
Une compagnie de Quebecor Media
La Tourelle
1055, boul. René-Lévesque Est
Bureau 800
Montréal (Québec) H2L 4S5
Tél. : 514 849-5259
Téléc. : 514 849-1388
www.edtrecarre.com

Dépôt légal – Bibliothèque et Archives nationales du Québec et Bibliothèque et Archives
Canada, 2010

ISBN : 978-2-89568-472-5

Distribution au Canada
Messageries ADP
2315, rue de la Province
Longueuil (Québec) J4G 1G4
Téléphone : 450 640-1234
Sans frais : 1 800 771-3022
www.messageries-adp.com

Diffusion hors Canada
Interforum
Immeuble Paryseine
3, allée de la Seine
F-94854 Ivry-sur-Seine Cedex
Tél. : 33 (0)1 49 59 10 10
www.interforum.fr

Il faut se ressembler un peu pour se comprendre,
mais il faut être un peu différent pour s'aimer.
Paul Géraldy

La nature fait les hommes semblables,
la vie les rend différents.
Confucius

Pour Katrine C., une jeune femme brillante
que j'apprécie beaucoup.

Je dédie ce livre à tous ceux et celles qui ont eu,
à un moment de leur vie, l'impression
d'être bien différents des autres.

Je m'appelle Rose. Rose Montembault-Fortin. Ce prénom me vient de mon arrière-grand-mère que je n'ai jamais connue. J'ai envie de dire « évidemment », bien que je connaisse des jeunes de mon âge dont l'aïeule est toujours vivante, mais bon, la mienne, elle est morte bien des années avant ma naissance. J'ignore donc qui elle était réellement, ce que j'en sais m'a été raconté par les membres de ma famille. On dit d'elle qu'elle était une femme de principes, déterminée, voire ambitieuse, assez séduisante, avec beaucoup de classe et toujours tirée à quatre épingles. Chez nous, à la maison, de nombreuses photos d'elle ornent les murs du couloir qui mène à nos chambres. Passage que nous surnommons d'ailleurs la « galerie des portraits » et pour cause : les murs sont couverts jusqu'au plafond de vieilles photographies, certaines très anciennes, d'autres moins, et d'autres encore, plus contemporaines, mais le tout est exclusivement consacré à la famille. L'ensemble est harmonieux grâce à l'uniformité des cadres en bois de couleur foncée et grâce au noir et blanc de tous les clichés. C'est très beau, l'effet est réussi quoiqu'un peu impressionnant pour ceux qui découvrent le lieu pour la première fois.

Et, les photographies de mon arrière-grand-mère Rose y ont une place de choix puisqu'elles se trouvent presque toutes à la hauteur des yeux. J'ignore pourquoi, mais la disposition de ces clichés a toujours été ainsi, d'aussi loin que je me souvienne. Jamais je n'ai vu ma mère ou mon père déplacer un seul cadre, et lorsqu'ils repeignent le couloir, ils préparent avec minutie un patron sur lequel l'emplacement exact de chaque photographie est indiqué. Il faut dire que la maison où nous vivons appartient à la famille Montembault depuis plus de cinq générations et que certaines de ces photos remontent à cette époque. J'imagine donc qu'elles ont toujours orné ces murs depuis les premiers instants. Il m'arrive parfois de me demander si, lorsque j'hériterai à mon tour de cette baraque, je poursuivrai cette pratique.

Rose Montembault était la mère de la mère de ma mère. C'était une dame d'une autre époque, d'un temps révolu où la femme se devait d'être toujours parfaite, toujours bien habillée et coiffée, toujours présente dans la vie de son mari et de ses enfants, à qui elle se consacrait d'ailleurs entièrement. Tel est le sort qui était réservé aux femmes jusqu'alors : celui d'être épouse et mère, avant tout. C'était le temps où les mots « ambition », « profession », « liberté », « indépendance » et « droit de vote » ne faisaient pas partie du vocabulaire d'une honnête femme !

Pourtant, mon arrière-grand-mère Rose osa braver ces règles bien établies en imposant à sa famille son désir de mener sa vie comme elle l'entendait. De réussir tant sur le plan familial que sur le plan professionnel. Il va sans dire que ses choix ont provoqué beaucoup d'agitation et que la chose ne fut pas simple. Mais Rose Montembault était ambitieuse et elle pensait, avec raison, que la femme avait beaucoup à offrir à la société, et qu'elle y contribuerait mieux ailleurs qu'en demeurant à la maison. À force de détermination et d'obstination, elle fut une des premières femmes québécoises à obtenir son diplôme universitaire en sciences en devenant biologiste, puis à travailler pour le gouvernement en tant que chercheuse.

Je ne peux m'empêcher de soupirer chaque fois que je songe à ces aberrations que l'on imposait aux femmes il n'y a pas si longtemps. Le droit de vote, ici, au Québec, ne fut accordé aux femmes qu'en 1940 ! Pensez-y, nous ne pouvons voter que depuis 70 ans !!! Ça ne fait que quelques décennies que la femme est reconnue selon la loi comme étant suffisamment responsable de sa personne et de ses opinions pour avoir, au même titre que l'homme, le droit de s'exprimer ! N'est-ce pas insensé ?

Avant ça, les femmes vivaient dans la noirceur. Des siècles et des siècles de silence et de dépendance. Des siècles d'inexistence, de néant. Ma mère, Gabrielle Montembault-Fortin, me répète très souvent que sa grand-mère, donc mon arrière-grand-mère, avait fait partie des suffragettes qui se sont battues pour que nous acquérions notre liberté. Elle ne rate jamais une occasion pour me rebattre les oreilles avec ça. Si je trouve parfois l'histoire redondante — car elle l'utilise à toutes les sauces, même quand il n'y a aucun lien —, je dois admettre qu'elle a raison de me la rappeler. Nous ne pouvons oublier un tel événement. Je n'ai peut-être que seize ans, mais je comprends très bien tout ce que cela implique. Je suis trop éprise de liberté pour ne pas apprécier et saisir ce que ça représente pour la femme. Peut-être est-ce le sang de cette suffragette qui coule dans mes veines qui me fait parler ainsi.

Rose Montembault avait décidé de sa vie. Elle était déterminée à ce qu'elle soit différente pour elle et pour ses filles et, contre vent et marée, elle a tenu tête à ses parents, à la société dans laquelle elle vivait, mais aussi à l'Église, qui était alors omniprésente dans le quotidien des gens. Le curé de la paroisse avait dit aux Montembault qu'il était inconvenable qu'une jeune fille de bonne famille pense ainsi et bien peu chrétien de la laisser agir à sa guise. Mais il semble que mon aïeule en a fait à sa tête.

Bien que mon arrière-grand-mère soit morte depuis pas mal de temps, son ascendant sur la famille, particulièrement sur ma grand-mère et ma mère, est toujours palpable. La culture et l'éducation qu'elle a léguées à ses filles, surtout à ma grand-mère, Marie-Odile, dictent encore aujourd'hui les choix de ma propre mère. Rose Montembault était une femme de tête qui dirigeait son foyer, sa vie et celle de ses enfants avec fermeté. Je suis toujours surprise de l'influence qu'elle exerce encore sur ma grand-mère, mais surtout sur ma mère alors qu'elle est morte depuis longtemps. Rose a eu sept enfants : trois filles et quatre garçons, dont un est mort en bas âge, et elle s'est battue pour que chacune de ses filles poursuive ses études universitaires et obtienne un diplôme. Elle avait l'habitude de dire :

« Une femme ne devient une femme que si elle se réalise en totalité, tout en étant en parfait accord avec elle-même, mais elle ne peut être libre que lorsqu'elle atteint le sommet de ses propres ambitions ! »

Cette phrase me laisse très souvent songeuse et plus d'une fois j'ai tenté d'en percer tout le mystère. Je sens qu'elle est lourde de signification. J'admire le courage qu'a eu mon aïeule.

Et pourtant, lorsque je regarde ces clichés — et je le fais souvent, surtout lorsque je patiente pour me rendre à la salle de bains, toujours très longuement occupée par mon frère Antonin (devinez de qui lui vient son prénom ? Eh oui, de mon grand-père, mais paternel cette fois. On est très, très original dans notre famille !!) —, je ne me reconnais pas en elle, malgré mon tempérament. Bon, c'est sûr que les décennies qui nous séparent y sont pour quelque chose, mais lorsque je reconnais son caractère chez ma mère et ma grand-mère, je me dis que, indirectement, je dois avoir hérité de quelques-unes de ses qualités, comme les autres femmes de la famille. Je ressens bien une certaine filiation qui m'unit à elle, sans parler de notre ressemblance physique incontestable. J'ai la même couleur d'yeux qu'elle, bleus, la même forme ovale de visage et nos cheveux auburn ont le même bouclé, mais j'ai l'impression en la contemplant que non seulement un monde nous sépare, mais que je ne m'identifie pas à elle ni à sa petite-fille, ma mère. Mon arrière-grand-mère semblait si… parfaite, tout comme ma grand-mère et ma mère! Toutes des femmes irréprochables qui ont mené leur vie comme elles l'entendaient. Mais Rose avait atteint un niveau de perfection presque inégalable. Même sur les photographies d'elle, aucun défaut n'est visible. Aucune n'est ratée, sa posture est impeccable, son sourire aussi, ses vêtements, dignes d'un catalogue de mode (à son époque, je crois que l'on disait un catalogue!), même son regard exprime une assurance, une certitude face à sa vie et ses choix. Elle semble contrôler sa destinée d'une main de fer.

Lorsque je me trouve dans la galerie des portraits et que j'observe mes ancêtres, j'ai toujours le sentiment qu'ils ne doutaient pas de leurs décisions et de leurs choix de vie. Même lorsqu'ils étaient jeunes et qu'ils avaient mon âge ! On a l'impression, en regardant des photos d'eux adolescents, qu'ils étaient déjà vieux, qu'ils savaient ce qu'ils avaient à faire et que le doute ne faisait pas partie de leur vie. Comme si cette notion n'avait pas encore été inventée. Peut-être que le doute est un sentiment moderne ! Leurs yeux expriment un sérieux presque troublant. Il est possible que le choix, la liberté de choisir son destin n'existait tout simplement pas à cette époque et qu'ils suivaient un chemin tracé d'avance sans se poser de questions. On décidait pour eux dès leur naissance. On savait déjà avec qui ils allaient se marier, on planifiait leur avenir en leur imposant une profession qui serait la même que celle de leur père et de leur grand-père. La vie est-elle plus simple quand on ne s'interroge pas ? Je pense que oui.

Bref, tout ce préambule pour vous expliquer que je suis très loin de ressembler à mon arrière-grand-mère. Je n'ai pas ses ambitions, je ne cherche pas à devenir chirurgienne ou juge, je n'éprouve pas le besoin de défoncer les portes ni d'asseoir ma suprématie. Je ne me sens pas comme les autres femmes de cette famille ou les autres membres de cette tribu, je n'ai pas hérité des buts de mon aïeule ni de ses combats. Et c'est probablement pour toutes ces raisons que je ne veux pas que l'on m'appelle Rose !

Le prénom de Rose est trop empreint d'une identité qui n'est pas la mienne et à laquelle je n'aspirerai probablement jamais. Rose, ce n'est pas moi, c'est mon arrière-grand-mère, c'est une de ses filles, c'est ma mère, mais pas moi.

Qui suis-je alors ?

Je suis Pink.

C'est le prénom que je donne lorsqu'on me le demande, tous mes amis m'appellent ainsi, même mon frère, sauf, bien évidemment, mes parents. Ce sobriquet me vient de ma meilleure amie, Katrine, et dès la première fois où elle m'a appelée ainsi, j'ai su que mon identité passait par ce surnom. Pink, c'est la version artistique de Rose, c'est son côté rebelle, son aspect plus sombre, c'est aussi le nom de ma chanteuse pré-férée, à laquelle je m'identifie puisqu'elle non plus n'aime pas les règles établies. Pink, ce n'est pas Rose Montembault-Fortin, c'est moi !

Bien entendu, ma mère est extrêmement vexée de ça, je le sais, elle me le répète assez souvent. Il ne passe pas un jour sans qu'elle secoue la tête en signe de dépit en entendant ce surnom que je porte fièrement. Elle trouve aberrant que je refuse de me faire appeler par mon vrai prénom, et pourtant, c'est vrai. Je n'aime pas le prénom Rose, car il est diamétralement opposé à ce que je suis réellement. Ce prénom ne me va pas, il ne correspond pas à ce que je suis, à qui je suis. Je ne suis pas une Rose Montembault, je suis Pink, tout simplement.

Voilà qui je suis!

CHAPITRE I

Le boucan sourd et soutenu d'une basse battait le rythme d'une musique puissante. Le bruit se répercutait presque jusque dans les organes internes des gens qui se trouvaient là et qui cherchaient du regard la provenance de ce vacarme assourdissant. Ils virent enfin la source de ce tintamarre, qui venait heurter leurs chastes oreilles banlieusardes. Pourtant, le bruit, ils connaissaient ça, avec toutes ces tondeuses à gazon qui ouvraient le bal, le samedi matin dès neuf heures, sans parler des bruits des moteurs des piscines et des thermopompes, qui après quelques années se mettaient à vibrer. La banlieue est très bruyante quoi que l'on puisse en dire. Mais ça, ce sont des bruits « admis » par une société où chacun fait semblant de les tolérer ou de ne pas les entendre. On tolère le vrombissement d'une tondeuse à gazon, mais on ne supporte pas la musique qui s'échappe d'un garage où un groupe de jeunes répète quelques morceaux.

Bang, bang, bang.

La basse vibrait et tout ce tapage provenait d'une voiture. Déjà, celle-ci ralentissait pour faire son entrée dans l'allée pierrée d'une demeure ancestrale qui occupait un vaste jardin, cerclé d'arbres tout aussi anciens. La partie inférieure droite du bolide accrocha en passant le trottoir avant de s'immobiliser totalement, comme un bateau s'échouant sur une plage. L'automobile devait avoir au moins vingt ans et sa ferraille semblait tenir par miracle. Le bas de la carrosserie s'apparentait à de la dentelle tant la rouille l'avait percée et l'on pouvait s'interroger sur sa couleur d'origine, qui se perdait dans les nombreuses retouches de couleurs et les *tags* qui normalement devaient la recouvrir. Sa calandre était parée du sigle de la célèbre Jaguar, mais en réalité, l'automobile était une vieille Cadillac rafistolée. De toute évidence, son propriétaire avait laissé libre cours à son imagination pour la décorer.

La porte s'ouvrit dans un ultime bruit de métal qui donna des frissons à ceux qui se trouvaient là, puis une jeune femme sortit de ce tas de ferraille. Le contraste avec l'automobile déglinguée était saisissant. L'adolescente, malgré ses vêtements sombres et son maquillage trop marqué, offrait tout de même une image de douceur, dont apparemment elle cherchait absolument à se défaire. Mais on a beau se maquiller à outrance, porter des vêtements d'un style anti-conformiste, ou encore, avoir une attitude provocante, on ne peut aller au-delà de ce que l'on est réellement. Ne dit-on pas que l'habit ne fait pas le moine ?

Les quelques personnes présentes, des voisins qui s'affairaient à l'entretien de leur pelouse ou à discuter entre eux, décochèrent un regard désapprobateur à la nouvelle venue qui, elle, ne semblait guère se soucier d'eux. Elle leur jeta un coup d'œil empreint de lassitude et claqua la porte de son bolide, qui émit un dernier grincement de contestation.

La jeune femme se rendit alors au garage pour en ressortir quelques secondes après munie d'un large bac de plastique. Elle s'agenouilla près de la voiture pour glisser le contenant entre les roues. Se penchant plus en avant, elle observa un moment quelque chose sous le véhicule et repositionna le bac. Satisfaite, elle se redressa, ramassa sa besace en toile de coton noir et se dirigea vers la demeure, où elle entra aussitôt. S'apprêtant à refermer la porte derrière elle, elle regarda une dernière fois ses voisins qui lorgnaient toujours dans sa direction. Puis, elle leur fit une grimace et claqua la porte.

— Pff, n'ont rien d'autre à faire… se dit-elle, en envoyant valser ses bottillons de cuir du bout des pieds.

La maison était calme et l'adolescente alla aussitôt à la cuisine. Sans hésiter, elle ouvrit le réfrigérateur, d'où elle sortit un pichet de jus d'orange qu'elle porta à sa bouche.

— Si m'man te voit faire ça, t'es morte… lui lança dans son dos un autre adolescent.

Antonin venait de faire son entrée dans la pièce. Sa ressemblance avec Rose était vraiment frappante, ce qui était tout à fait normal puisqu'ils étaient jumeaux. Nés dans un intervalle de dix minutes, Rose était arrivée la première et elle aimait clamer haut et fort ce droit d'aînesse lorsque cela était nécessaire, ce qui faisait toujours enrager son frère.

— Pffff! soupira la jeune femme en haussant les épaules. Est pas là!

— As-tu placé ton bac…

Le garçon n'eut pas le temps de terminer sa phrase.

— Aaah, vous êtes fatigants avec ça... OUI, je l'ai mis, content ? Veux-tu appeler les parents pour leur dire ? s'écria-t-elle en attrapant le téléphone pour le tendre à son frère.

— Ah, ne fais pas ta *prima donna* ! Pas plus tard qu'hier tu l'avais oublié, si je ne l'avais pas remarqué, tu te serais fait engueuler par papa, je ne te dis pas !

Sans répondre, la jeune femme haussa une nouvelle fois les épaules, en buvant une nouvelle gorgée du jus d'orange.

— Tu sais qu'il n'aime pas que ton super bolide perde son huile sur son pavé uni...

Nouveau haussement d'épaules.

— De toute façon, tu n'écoutes jamais...

— C'est pas vrai, répondit enfin l'adolescente.

Son frère écarquilla les yeux puis éclata de rire.

— C'est ça...

Rose essuya sa bouche sur le revers de sa manche.

— Franchement, Pink, tu fais dur, tu le fais exprès ou quoi ? Tu sais que m'man te tuerait si elle te voyait faire ça...

— Voilà, je suis morte deux fois en moins de trois minutes… La vie est bien courte dans cette demeure ! Bon ben, moi, je monte, j'ai des devoirs et si je ne les fais pas, je mourrai une troisième fois !

Rose s'éloigna, mais avant de sortir de la cuisine, elle lança :

— On mange quoi pour souper ?

Cette fois-ci, c'est Antonin qui haussa les épaules. Sa sœur s'éloigna et il attendit quelques secondes jusqu'à ce qu'il entende ses pas dans les escaliers avant de porter à son tour le bidon de jus à ses lèvres.

•◦•

La musique de la chanson de Pink Floyd *Wish You Were Here* s'échappait des écouteurs, qui étaient pourtant bien enfoncés dans ses oreilles. Rose était assise devant un chevalet de bois et elle contemplait l'esquisse qu'elle avait travaillée la veille. Ça faisait une semaine qu'elle s'y attelait et qu'elle retouchait sans cesse certains détails qui ne la satisfaisaient jamais. Malgré cela, son visage était détendu et elle semblait tout à fait calme. Elle prit le crayon sanguine entre ses longs doigts pour modifier encore une fois la partie sur laquelle elle s'acharnait depuis plusieurs jours maintenant. Elle ne parvenait pas à rendre la lumière qu'elle percevait, elle, dans le regard de son chat, qui demeurait là, immobile pendant des heures. Un modèle parfait. Combien de fois avait-elle croqué les différentes postures de Mademoiselle Jeanne ? Des dizaines et des dizaines de fois. Les carnets de dessins s'accumulaient dans les tiroirs de son bureau. C'était son modèle préféré, elle ne s'en lassait pas.

Ce même plan, elle l'avait maintes fois repris, que ce soit au fusain, au crayon, aux pastels secs et maintenant à la sanguine. Elle testait les différentes techniques afin d'en découvrir toutes les nuances et les qualités. Elle comprenait que, selon le modèle et l'impression qu'elle voulait rendre, chaque médium avait ses propriétés, ses forces et ses faiblesses.

— Mademoiselle Jeanne, on conserve la pose, je vous prie, dit-elle au chat qui se levait en faisant le dos rond, pour s'étirer.

Mais la chatte ne semblait plus disposée à demeurer là, immobile. Elle fixa un instant sa maîtresse d'un regard détaché et sauta au bas du lit.

— Bon, bon, c'est d'accord, deux minutes de pause, déclara l'artiste.

Elle observa la chatte qui tentait d'ouvrir la porte avec sa patte. Rose savait qu'elle y arriverait seule. Il lui fallut à peine quelques secondes pour entrouvrir la porte de deux maigres centimètres, espace suffisant pour que la chatte y insère son museau et parvienne à l'ouvrir plus grande, lui permettant ainsi de s'y faufiler et de décamper aussitôt.

L'adolescente reporta son attention sur le dessin. Elle le contempla un moment, puis secoua la tête en signe de dépit. Non, décidément, elle ne réussissait pas à reproduire cette lueur particulière qui animait le regard de Mademoiselle Jeanne.

Les bras croisés derrière la tête, elle pinça les lèvres tout en poussant un profond soupir. Elle se redressa, examina une dernière fois son œuvre et tira vers elle sa besace qui se trouvait au pied de son lit. Elle l'ouvrit et en sortit des feuilles éparses et froissées, un agenda dont la spirale métallique était déroulée aux extrémités, deux livres de cours, un roman et un duo-tang noir sur lequel elle avait reproduit au feutre et avec une grande précision l'œuvre d'Edvard Munch, *Le Cri*.

De la pochette de son cartable, elle sortit une enveloppe qu'elle avait reçue deux jours plus tôt.

Elle déplia la lettre et relut pour la centième fois le passage qui la réjouissait à chaque nouvelle lecture :

Cégep du Vieux Montréal,
Madame Rose Montembault-Fortin.
[...] Nous avons le plaisir de vous informer que vous êtes acceptée au programme d'Arts plastiques de notre cégep [...].

Elle relut encore une fois et avec lenteur chaque mot, comme pour se convaincre qu'elle ne rêvait pas. Elle était admise au cégep en arts plastiques — son rêve depuis toujours — et c'est en septembre qu'elle allait enfin pouvoir commencer à savourer sa chance. Dessiner et peindre étaient pour elle une véritable passion, qu'elle ressentait depuis l'instant où elle avait su tenir son premier crayon de cire. Elle considérait l'art comme sa plus grande forme d'expression. Elle ne savait pas dire les choses de façon convenable, elle y mêlait trop ses émotions, hésitant sur le choix des mots et sur leur valeur réelle, mais qu'on lui donne un crayon et une feuille de bristol et elle pouvait dessiner ses humeurs, ses sentiments, ses joies, ses pensées et ses frustrations. Elle comprenait les artistes, devinait leurs états d'âme lorsqu'elle admirait leurs œuvres, elle déchiffrait leurs émotions puisqu'ils parlaient le même langage. Rose ne pouvait être autre chose dans la vie qu'une artiste. Cette réflexion la fit sourire, mais bien vite, une ombre voila ses yeux verts et elle porta son regard au loin : comment annoncerait-elle ça à ses parents ? Elle voyait déjà les nuages s'accumuler au-dessus de sa tête, elle sentait la tempête se lever, car elle savait mieux que quiconque que la nouvelle ne ferait pas l'unanimité, loin de là. Jamais ses parents n'accepteraient qu'elle poursuive ses études en arts. Elle entendait déjà ce que Gabrielle et Jean-Michel allaient lui dire sur son choix, qu'ils qualifieraient de perte de temps.

« On ne gagne pas sa vie en étant artiste, ma chérie… On ne voit ça qu'au cinéma ou dans les romans. Dans la réalité, c'est autre chose. Mais tu peux très bien pratiquer cela en tant que loisir, comme d'autres font du jardinage… »

Du jardinage ! Rose savait que ce serait précisément les mots qu'ils emploieraient, elle en avait la certitude comme on sait que le soleil se lève chaque matin.

Elle replia avec soin la lettre, la remit dans son enveloppe et la glissa entre ses feuilles de notes, dans la pochette de son cartable, qu'elle referma en déposant ses deux mains à plat dessus.

Quelques larmes roulèrent sur ses joues. Comment pourrait-elle faire part de la chose à ses parents sans que le tout ne tourne au drame ? Et surtout, comment les convaincre de la laisser choisir sa vie, puisque son bonheur à elle, c'était de devenir artiste, et non pas médecin ? Les dés étaient jetés, elle en était persuadée.

CHAPITRE 2

— Nous avons un souper ce soir, je vous prie tous les deux de vous vêtir correctement et, si cela est possible, de vous tenir convenablement.

Rose leva les yeux au ciel et lança :

— Tu veux que nous soyons différents de ce que nous sommes réellement ? Tu ne veux pas que nous soyons fidèles à nous-mêmes ?!

— Rose... ne commence pas, s'il te plaît !

— Pink !

Gabrielle Montembault-Fortin pinça les lèvres en fermant les yeux un instant, comme pour s'aider à garder son calme.

— Rose... puisque c'est ton prénom, que c'est ainsi que nous t'avons fait baptiser, ton père et moi, et que c'est ce même prénom qui apparaît sur ton acte de naissance, je te demande juste d'être... enfin, de ne pas trop en faire. Ce n'est pas la mer à boire ! Je sais que tu te braques toujours, quoi que l'on te dise et que tu adores nous contrarier, mais t'est-il possible, pour une fois, de faire un effort, juste pour aujourd'hui et rien que pour me faire plaisir ? C'est l'anniversaire de ta grand-mère, je pense qu'elle apprécierait ta présence et je crois également que, par respect pour elle, tu te dois d'être présentable. Si tu ne veux pas le faire pour moi, fais-le pour elle.

L'adolescente fronça les sourcils.

— *Présentable…* murmura-t-elle pour elle-même en roulant des yeux.

Puis à voix haute, elle ajouta :

— Et tu penses sérieusement que grand-mère apprécierait ma présence ?

Gabrielle hochait la tête en signe affirmatif.

— Tu veux rire ! répondit Rose en levant légèrement le ton. Même si je me présentais en robe blanche de communiante avec une couronne de fleurs tressées sur la tête, elle ne me regarderait pas. Tu veux que je fasse un effort pour elle, alors qu'elle ne daigne même pas m'adresser la parole, je ne suis pas assez « bonne fille » pour elle ! lança-t-elle en mimant de ses doigts des signes de guillemets. Tu veux que je fasse un effort pour elle, alors qu'elle ne respecte pas ce que je suis.

— Rose ! Tu exagères. Ta grand-mère t'aime pour ce que tu es.

— Mmmm, non, je n'en crois rien ! M'man…
elle ne me voit même pas !

— Je te reconnais bien, là, tu exagères, comme
toujours !

— J'exagère ? Mais enfin, maman, nous savons
tous que si nous n'aspirons pas à être chirurgien
ou juge dans la vie, nous ne sommes rien à ses
yeux…

— Rose ! s'écria Gabrielle à bout de nerfs, tu
dépasses les bornes et tu dis n'importe quoi…
Je ne t'autorise pas à manquer de respect envers
ma mère !

Le silence s'imposa dans la cuisine. Gabrielle
était visiblement énervée, elle ne cessait de plier
et de déplier le torchon qui se trouvait devant elle
sur le comptoir, tandis que Rose jouait machinalement avec une de ses mèches de cheveux,
dont elle mâchouillait la pointe. Sa mère lui
saisit la main pour qu'elle arrête ; elle n'aimait
pas cette manie de sa fille.

— Si tu ne peux pas faire un effort, un simple
effort pour quelques heures, si pour toi ces rencontres familiales sont trop guindées ou trop je
ne sais quoi ! Si l'esprit de famille ne te dit rien,
eh bien, je ne veux pas de ta présence à cette fête,
tu vas tout gâcher. Tu resteras ici.

Rose arqua les sourcils d'étonnement. C'était la première fois que sa mère lui ordonnait de demeurer à la maison en de telles circonstances. Elle n'avait pas à se rendre à l'anniversaire de sa grand-mère et s'en réjouissait. Probablement, c'était même sûr, que Gabrielle ignorait à quel point sa décision faisait plaisir à sa fille. Antonin, qui jusque-là, avait suivi en silence, non sans rire, l'échange entre sa mère et sa sœur, ouvrit de grands yeux en entendant le verdict de Gabrielle. Il profita de l'occasion pour s'exclamer :

— Je peux rester ici, moi aussi, m'man ?

— Non, il n'en est pas question ! J'aurais l'air de quoi en me présentant à cette fête sans mes deux enfants ? Je vous le demande ? Souhaitez-vous vraiment me faire honte ?

— Bon, tout de suite les grands mots... les reproches et le chantage émotif ! répondit l'adolescente en décochant à sa mère un regard mécontent. Encore une fois, tu te soucies uniquement de ce que tu auras l'air... Toujours cette attitude si... superficielle !

Cette fois, Gabrielle darda sur sa fille un regard de colère. Elle faisait de grands efforts pour se maîtriser depuis le début de cette conversation, car elle avait la conviction que le courroux ne mène à rien. Mais il est parfois très difficile de garder son calme et, à cet instant, Gabrielle sentait qu'elle était à deux doigts de perdre le sien. Elle prit une profonde inspiration, tortilla un peu plus son torchon et s'appliqua à répondre à sa fille sur un ton marqué par le contrôle de soi :

— Rose, je ne veux pas de ta présence à cette soirée, que tu risques de gâcher. Donc, tu resteras ici. J'en ai assez des crises d'enfant gâtée, j'en ai assez de tes remarques et de tes reproches. Tu ne veux pas y aller, je ne te forcerai pas. Qu'y a-t-il de surprenant là-dedans ? Tu ne fais jamais d'efforts pour personne… Tu me traites de superficielle, mais moi au moins, je respecte ma famille et je sais faire des efforts quand cela est nécessaire. Peux-tu en dire autant ? (Rose demeurait silencieuse, mais soutenait toujours le regard de sa mère). Non, bien sûr… Pendant que nous serons partis, je veux que tu fasses la vaisselle et que tu repasses toute la pile de vêtements qui se trouve dans la buanderie. Je veux ensuite que tu les ranges et, quand tu auras terminé, tu iras te coucher. Pas de télévision, pas d'ordinateur, et surtout, pas de période de dessins ce soir, ni demain et ni pour la semaine qui vient. Est-ce que cela te semble plus

« authentique » comme situation ? dit-elle, en mimant le même geste des guillemets que sa fille venait de faire.

Cette dernière soupira bruyamment, mais elle ravala ses paroles, car elle savait qu'elle ne gagnerait pas la partie. Sa mère avait toujours le dernier mot et Rose n'avait pas envie d'être en guerre contre Gabrielle. Et puis, au fond, elle était assez satisfaite de la tournure des événements : elle n'était pas obligée d'aller à la fête d'anniversaire de sa grand-mère. Elle savourait cet instant, même si le prix en était, lui semblait-il, élevé. Elle ne pourrait pas dessiner, mais Gabrielle ne lui avait pas interdit de feuilleter des livres d'art, ni même de passer du temps sur son iPhone !

Elle baissa la tête. Il valait parfois mieux faire semblant de capituler ! Sourire au bord des lèvres, elle se dirigea vers sa chambre lorsqu'elle entendit :

— Et tu me donnes ton iPhone…

L'adolescente laissa échapper un profond soupir.

∙—∙

Rose n'aimait pas les réunions de famille comme celle qui devait avoir lieu ce soir-là, elle les trouvait snobs et superficielles. Tous les gens qui y seraient, soit les frères et les sœurs de sa mère ainsi que leurs enfants, ne parlaient que d'argent et de leur métier respectif sans jamais s'écouter l'un l'autre. Et elle ne se sentait pas comme eux, elle ne leur ressemblait pas. En leur présence, Rose avait toujours l'impression d'être le mouton noir de ce clan. L'artiste de la famille, celle qui avait ses lubies, que l'on ne prenait pas au sérieux, mais qui, espérait-on, reviendrait un jour dans le droit chemin. Elle ne se sentait aucune affinité avec eux et était convaincue, chaque fois qu'elle les rencontrait, qu'ils la jugeaient. Elle était si différente d'eux. À part les similitudes physiques flagrantes, comme la couleur des cheveux et des yeux, elle n'avait absolument rien en commun avec cette famille. Sans ces caractéristiques si évidentes, on aurait pu croire que la jeune femme avait été adoptée, c'est du moins ce que Rose pensait.

Son aïeule, Rose Montembault, avait eu sept enfants et tous avaient fait de longues études, soit en droit, soit en médecine. La famille comptait aussi quelques architectes et un ou deux ingénieurs. La mère de Pink, Gabrielle, était chirurgienne cardiaque et son père, Jean-Michel, était

avocat en droit international. Une jolie bro-
chette de professionnels, comme ils se plaisaient
à dire presque à chaque rencontre !

Rose n'avait rien contre le fait de faire des
études ni contre celui de choisir une carrière
plus « professionnelle » qu'une autre d'un
point de vue social. Non, ce qui la dérangeait,
c'était le message que véhiculait sa famille en ce
qui concernait ce choix imposé. En réalité, il ne
s'agissait pas d'un choix mais d'un mode de vie
prescrit par l'ensemble du clan Montembault.
C'était ça et rien d'autre. Cette famille appliquait encore à ce jour le modèle décrété par Rose
Montembault, et cela, même si elle était décédée
depuis longtemps. Elle avait inculqué à ses
enfants une telle force, une telle détermination
de réussir que cette détermination ne pouvait
s'exprimer autrement que par l'exercice de pro-
fessions libérales. L'ancêtre avait tracé une voie
unique et tout le monde sans exception devait
l'emprunter en faisant fi de sa propre volonté.
Comme si le bonheur n'était destiné qu'à ceux
qui portent une blouse blanche ou une robe
noire ! Comment pouvait-on accéder à la félicité si l'on n'était pas reconnu par son milieu ? Et
c'est justement cet aspect que l'adolescente avait

en horreur. Elle avait l'impression que les membres de sa famille ne faisaient pas ce qui les rendait heureux, mais répondaient à une pression exercée par les autres. Ils agissaient d'une certaine manière uniquement pour paraître, pour être estimés, pour ne pas être jugés. Contraints à jouer un rôle imposé. Rose se demandait souvent comment chacun vivait ça, une fois tout seul. On peut mentir aux autres, mais à soi-même, c'est plus difficile. En tout cas, on ne peut pas le faire très longtemps. On s'évite, mais un jour ou l'autre, la confrontation a lieu, et généralement, elle est dévastatrice.

Rose claqua la porte de sa chambre, furieuse. Non pas de demeurer à la maison, mais plutôt devant la situation qui, elle le savait, dégénérait chaque jour un peu plus. Ses parents ne la comprenaient pas et elle sentait que le fossé qui se creusait entre elle et eux allait en grandissant. Elle avait parfois l'impression que le jour où elle quitterait la demeure familiale pour faire sa propre vie, elle n'y reviendrait qu'occasionnellement. Rose s'éloignait de ses parents parce qu'ils ne parvenaient pas à retrouver le lien qui les unissait dans le passé. Pourtant, ça n'avait pas toujours été ainsi.

Elle eut soudain envie de parler à Maxime, son petit ami, mais pour cela, elle devait attendre que le reste de la famille ait quitté les lieux. Elle n'avait plus son iPhone, mais il restait le téléphone de la maison. Si Gabrielle l'entendait parler à Max, elle pourrait très bien couper la conversation là, sans même lui laisser le temps de dire au revoir. Rose espérait que sa mère, pressée de partir, oublierait le téléphone dans sa liste des interdits pour la soirée.

Maxime Lemieux. Autre source de conflits avec ses parents ! Ils n'aimaient pas particulièrement le jeune homme, qui manquait d'ambition et qui était trop nonchalant, selon leurs dires. Pour une fois, Rose leur donnait raison. C'était vrai que Maxime avait un côté amorphe et qu'il envisageait difficilement ce qu'il allait faire après le secondaire. Il n'avait même pas envoyé de demande pour faire son entrée au cégep, mais contrairement à ses parents, Rose s'en moquait. Par ailleurs, la jeune femme soupçonnait qu'elle ne sortait peut-être avec le garçon que pour les énerver. Elle aimait bien Maxime, mais elle n'en était pas amoureuse. Les caractéristiques apathiques de Maxime n'étaient pourtant pas les seuls défauts qui enrageaient Jean-Michel et, surtout,

Gabrielle. Aux yeux de cette dernière, un autre élément venait s'ajouter à la liste des imperfections du jeune homme, et c'était ce fabuleux tatouage qu'il portait au bras gauche, qui partait de l'épaule pour descendre jusqu'à sa main ! Des entrelacs noirs qui ressemblaient aux symboles des tribus polynésiennes et qui contrastaient avec force sur la peau blanche de l'adolescent. Ça faisait, comme disait sa mère avec un certain dédain, « pauvre » et de très mauvais goût ! La première fois que madame sa mère s'était exprimée ainsi, Rose avait dû résister à l'envie d'aller se faire faire le même tatouage, uniquement pour générer la controverse. C'est Antonin qui l'avait calmée en lui expliquant qu'un tatouage, c'était là pour longtemps, et que lorsqu'elle pourrait voler de ses propres ailes, ce besoin contestataire n'aurait plus sa raison d'être, mais que le dessin resterait incrusté dans sa chair pour toujours.

L'adolescente en voulait à ses parents de ne pas prendre le temps de connaître son petit ami, de ne pas manifester d'intérêt pour découvrir qui il était. Ils l'avaient jugé aussitôt qu'ils l'avaient vu, surtout lorsque les yeux de Gabrielle s'étaient posés sur son bras gauche. Maxime était peut-être atone, mais c'était également un garçon

charmant qui l'aimait et qui se montrait géné-
reux et dévoué envers elle et ses amis. Il méritait
que l'on s'intéresse à lui. Pourtant, Rose avait
bien vu le visage de sa mère changer d'expression
lorsqu'elle découvrit le dessin incrusté dans la
peau de son copain. Elle avait lu la sentence dans
le regard de Gabrielle : jamais Maxime ne serait
admis dans la famille Montembault-Fortin.

Manque d'ambition + tatouage = sans avenir
possible dans l'esprit des membres de la famille
Montembault et des Fortin.

L'adolescente aurait pu alors prendre la
défense de son petit ami et dire à Gabrielle et
Jean-Michel que les parents de Maxime étaient
des gens bien et que, malgré leur statut modeste,
ils étaient charmants, intéressants, cultivés et
qu'ils savaient vivre, mais elle n'en fit rien. Si sa
mère était assez sotte pour s'arrêter à ces quelques détails, à l'aspect physique de quelqu'un, à
quoi bon tenter de lui ouvrir les yeux et le cœur !
Elle aurait beau dire, Gabrielle n'écouterait
pas, elle refuserait même de l'entendre. Que
pouvait-elle y faire ?

Aux réticences de ses parents s'ajoutaient
les propres doutes de Rose : elle savait qu'elle
n'était pas amoureuse de son petit ami. Ils

étaient ensemble depuis quatre mois, mais elle voyait bien qu'elle n'éprouvait pas de sentiments amoureux pour lui. Maxime, par contre, semblait très attaché à Rose et elle ne comptait plus les démonstrations en lettres et en cadeaux qu'il lui avait faites. Son copain avait l'âme d'un bohème, comme elle. Il jouait de la basse dans un groupe et son rêve était de partir en Colombie-Britannique pour y faire la cueillette de fruits. Il ignorait encore quand, mais l'adolescente se doutait que si l'occasion se présentait, il partirait certainement juste après la fin de l'année scolaire afin de profiter des récoltes d'été. Il hésitait à cause d'elle. Cette pensée en amena une autre, celle de son admission au cégep. Rose porta son index à sa bouche – quand elle était nerveuse, elle ne pouvait s'empêcher de se ronger les cuticules.

Deux petits coups discrets suivis d'un autre l'informèrent que son frère était à sa porte. Code qu'ils utilisaient entre eux depuis leur enfance. En réalité, il était inutile, car ils savaient toujours lorsqu'il s'agissait de leurs parents, les ayant entendus monter les marches et venir jusqu'à leur chambre. La maison était si vieille que les planchers chantaient à chaque pas que l'on faisait. Impossible de se promener dans la demeure sans que tout le monde le sache. Mais l'idée d'avoir leur propre code secret les enchantait. Probablement parce qu'ils étaient jumeaux, Rose et Antonin aimaient préserver des liens qui leur étaient exclusifs.

Rose entrouvrit lentement la porte afin d'éviter qu'elle ne grince. Depuis qu'ils étaient tout jeunes et pour l'avoir lu dans un livre d'espionnage, Antonin frottait de temps à autre une chandelle sur les gonds de la porte afin de réduire au silence tout bruit possible.

— Chanceuse… dit simplement celui-ci alors qu'il se dirigeait vers l'escalier massif.

Il avait cogné à sa porte et poursuivi son chemin. Sa jumelle le regarda emprunter les marches d'un pas lent et traînant. Il était évident qu'il ne souhaitait pas aller, lui non plus, à cet anniversaire. Mais il obéissait. Antonin avait toujours été plus sage, moins entêté. Il avait revêtu pour l'occasion des jeans propres et une chemise en lin, lignée vert et blanc. Sa sœur l'observait tandis qu'un demi-sourire venait égayer son visage. Alors qu'il allait disparaître dans le tournant de l'escalier, elle lui décocha un clin d'œil et lui lança :

— Tu t'es fait beau! C'est vrai que Daphnée sera là...

Antonin s'arrêta, regarda un instant dans sa direction, comme s'il réfléchissait à ce que venait de dire sa jumelle.

— Pour qui crois-tu que j'y vais? répondit-il en lui renvoyant son clin d'œil, le sourire aux lèvres. Pour grand-mère?

Rose lui rendit son sourire.

— Alors, passe une agréable soirée!

Personne, à part elle, n'était au courant de ce penchant d'Antonin pour sa cousine Daphnée. Depuis qu'ils étaient enfants, l'adolescent éprouvait pour la jeune femme, qui avait deux ans de plus que lui, des sentiments amoureux, mais jamais il ne les lui avait avoués. L'idée lui semblait saugrenue et il savait pertinemment que cette histoire ne serait jamais une réalité. Pourtant, il entretenait cette petite flamme à coups de rencontres familiales et d'une amitié virtuelle sur Facebook. L'adolescent aimait l'idée de cet amour impossible, qu'il décrivait comme la plus romantique des histoires qu'il avait vécues. Quand Rose lui demandait ce qu'il attendait de cette situation, il lui répondait tout simplement qu'il n'espérait rien! Que la chose était belle en elle-même et qu'il voulait conserver encore longtemps ce béguin pour la belle Daphnée. Antonin avait eu quelques copines et il les avait aimées, mais sa cousine représentait pour lui quelque chose d'ultime et de précieux. C'était, en fait, un grand idéaliste doublé d'un romantique comme il ne s'en faisait plus.

Rose entendit la porte d'entrée se fermer et, quelques secondes après, le moteur de la Audi démarrer. Elle attendit un moment pour être certaine qu'ils ne reviendraient pas sur leurs pas et qu'elle avait le champ libre, puis elle descendit à la cuisine et décrocha le téléphone. Elle ouvrit le réfrigérateur pour en sortir le bidon de lait, dont elle but quelques gorgées directement à la bouteille. À la troisième sonnerie, une voix douce et familière lui répondit :

— Ma Pink à moi !

C'était Maxime, son petit ami.

•◦•

La lettre était posée sur son bureau, bien à plat, tandis que Rose la fixait tout en ayant l'esprit ailleurs. *Dear Mr. President*, de la chanteuse Pink, jouait dans ses oreilles et Rose entortillait machinalement une mèche de ses cheveux.

Assise sur une chaise, elle avait relevé ses genoux, qu'elle enserrait de ses bras, et y avait posé son menton. Elle se questionnait encore sur la façon dont elle allait annoncer la chose à ses parents. Elle en avait discuté avec Maxime, qui lui avait conseillé d'y aller franchement. Il avait rajouté comme pour l'encourager qu'elle serait peut-être agréablement surprise de leur réaction. Mais que d'une façon ou d'une autre elle devait les informer, et le plus tôt serait le mieux. Ils auraient ainsi le temps de se faire à l'idée d'ici le mois de septembre.

La chose semblait simple, présentée ainsi, et il avait certainement raison, mais Rose était convaincue qu'il ne fallait pas s'y prendre de cette façon, elle connaissait trop bien ses parents. Non, c'était franchement impossible. Si elle leur disait de but en blanc, sans préambule, qu'elle venait d'être acceptée au cégep du Vieux Mont-réal en arts plastiques, ils refuseraient catégoriquement qu'elle y aille. Elle le croyait dur comme fer ! Et la jeune femme savait pertinemment qu'ils parviendraient à leurs fins.

Gabrielle et Jean-Michel avaient eux aussi entamé les démarches pour la suite de ses études. Les demandes avaient été envoyées pour que

Rose soit admise au Collège André-Grasset ou au Collège Brébeuf. Les réponses de ces institutions n'allaient sans doute pas tarder, puisqu'elle venait de recevoir la sienne. Elle n'avait donc pas beaucoup de temps devant elle pour agir. Mais comment faire ?

CHAPITRE 3

L'adolescente se dirigea vers sa voiture garée à un coin de rue de l'école, où elle avait l'habitude de la laisser. La journée avait été difficile. Elle avait complètement oublié cet examen de français qui avait été annoncé la semaine précédente et, évidemment, elle n'y était pas préparée. Cette note comptait pour beaucoup et elle en avait besoin pour relever sa moyenne, qui laissait grandement à désirer depuis quelque temps. Comment avait-elle pu oublier ça ! Furieuse contre elle-même, Rose était persuadée que son amnésie temporaire allait de pair avec le stress qu'elle vivait depuis qu'elle se savait acceptée au cégep du Vieux Montréal. Elle avait beau tourner et retourner la question, elle ne voyait toujours pas comment elle annoncerait la nouvelle à ses parents. Peut-être, songeait-elle, pourrait-elle fuir à Vancouver avec Maxime… En tout cas, c'est certainement ce qu'elle serait obligée de faire lorsque ses parents apprendraient que leur fifille avait choisi de devenir artiste peintre plutôt que chirurgienne !

La journée avait été grise et une neige fondante alourdissait le paysage. L'humidité omniprésente pénétrait tout, même les plus chauds vêtements. Elle avait enfilé son long manteau noir en laine bouillie et avait rabattu la capuche de son pull sur sa tête, en plus de s'enrouler dans une large écharpe de laine que sa grand-mère Bérengère lui avait offerte, mais les gouttes glacées venaient s'écraser dans son cou et sur son visage, lui gelant la peau. Elle détestait ça. Son bolide ne se trouvait plus qu'à trois pas et elle dégaina ses clés plus vite encore que Lucky Luke ne le fait avec son revolver. Elle referma la portière en grelottant, glissa la clé dans le barillet et la tourna pour faire partir le moteur, mais rien, il ne se passa rien. Elle essaya encore une fois, mais elle n'entendait que le bruit des gouttes qui s'écrasaient sur le métal rafistolé de sa vieille bagnole.

— Zut… c'est pas vrai ! Nooooonnnnn !!! Pas maintenant… Mais quelle journée…

Elle réessaya encore une fois, mais aucun contact ne se faisait. Sa voiture était en panne. Rose plaqua son front glacé sur le large volant en maudissant encore une fois sa pitoyable journée. Elle attrapa sa besace pour en déverser le contenu sur le siège à côté d'elle. Elle cherchait une carte que son père lui avait donnée en prévision d'une éventuelle panne. Sa vieille Cadillac avait tant de kilométrage dans le ventre qu'il n'était pas surprenant qu'elle refuse de démarrer vu le temps. Elle devenait plus fragile avec l'humidité et avec tout changement de température. Ce n'était pas la première fois que cela se produisait et ce ne serait pas la dernière, c'était évident. Il faudrait bien un jour que Rose se décide à mettre la bagnole à la casse, mais elle ne s'y résignait pas, car elle aimait ce tas de ferraille qui lui venait de sa grand-mère paternelle, Bérengère. Cette femme était tout le contraire de Marie-Odile, la mère de sa mère. Bérengère était une excentrique et Rose savait que c'était à elle qu'elle ressemblait, qu'elle descendait directement de cette femme. Sa grand-mère venait très rarement à la maison, car elle prétendait que l'énergie y était négative, ce qui mettait toujours Gabrielle en rogne et qui, par le fait même, faisait beaucoup rire Antonin et sa sœur. Depuis la mort de son mari, le père de Jean-Michel, Bérengère avait totalement changé. Elle s'était mise à suivre un tas de cours, elle partait presque tout le temps en voyage, participait à des colloques, s'était réinscrite à l'université en tant qu'étudiante libre et bien d'autres choses encore. Et pour tout cela, Rose adorait la vieille femme. Elle sentait que sa grand-mère menait l'existence qu'elle avait envie de vivre, sans se soucier de ce que les autres pensaient, et certainement pas des opinions de sa belle-fille, Gabrielle.

Les jumeaux dînaient avec elle tous les mercredis, en plus de la voir le week-end dès que l'occasion se présentait. Bérengère habitait à quelques rues de la polyvalente qu'ils fréquentaient et il n'était pas rare que les jumeaux fassent un saut chez elle après les cours. C'était toujours une joie pour Rose de la voir. Elle avait l'impression que Bérengère lui transmettait une énergie nouvelle, et surtout, qu'elle croyait en elle et en son talent d'artiste. Sa grand-mère l'encourageait à vivre sa vie comme elle l'entendait, même si elle avait elle-même des principes bien établis. Encore une caractéristique que lui reprochait ouvertement Gabrielle, d'ailleurs.

L'adolescente trouva enfin la carte que lui avait remise son père. C'était le numéro d'un garage qui offrait un service de dépannage, non loin de l'école.

— Merci, *dad*! murmura-t-elle tout en composant le numéro sur son cellulaire.

Elle dut patienter presque trois quarts d'heure avant de voir enfin la dépanneuse arriver et elle grelottait littéralement de froid dans sa voiture. Le camion se plaça devant l'auto et, à travers les coulisses de neige fondante qui s'entassaient sur son pare-brise, elle vit une ombre dont la distorsion avait quelque chose de fascinant. Elle se rapprochait d'elle. La silhouette frappa à la vitre de sa portière qu'elle ouvrit de quelques centimètres.

— Salut! C'est votre voiture qui est en panne?

— Euuuh, non, non, j'avais juste envie de rester dans le froid, comme ça, sans chauffage, pour le plaisir!

Le mécanicien hésita un instant avant de dire:

— Vous devriez aller vous réfugier dans le camion, le chauffage fonctionne au maximum, vous y serez mieux. Est-ce que quelqu'un vient vous chercher ou vous désirez venir avec moi au garage?

Rose se décida à sortir de sa vieille Cadillac.

— Je ne le sais pas encore.

— Alors, je vous propose de monter à bord, de vous réchauffer et de demander à quelqu'un de venir vous chercher au garage. J'en ai pour quelques minutes. Je vous en prie… dit-il en désignant le camion de dépannage. Il y a un thermos à côté de mon siège, c'est du chocolat chaud, vous pouvez vous servir… proposa le gars, qui déjà se mettait au travail en tirant des câbles qu'il accrocha sous la voiture.

Rose le regarda faire un instant, elle ne voyait pas son visage, car il portait un chapeau de laine comme ceux des chasseurs et le col de son manteau était remonté jusqu'à ses oreilles. Elle réprima un frisson, puis se décida à aller s'installer dans la remorqueuse.

Elle rabattit son capuchon humide, savourant la chaleur de l'habitacle. Une musique jouait en sourdine et la jeune femme, intriguée, tendit la main vers le boîtier du CD, qui traînait sur le tableau de bord.

— Tiens… Pink Martini! Surprenant!

Sans plus attendre, Rose sortit son iPhone et composa le numéro de téléphone de son père. La jeune femme en était à se réchauffer les mains sur le gobelet de chocolat chaud qu'elle venait de se servir lorsque la portière côté conducteur s'ouvrit. Une fois assis, le garagiste se dépêcha de la refermer en s'écriant :

— Ouais, tout un temps ! On gèle dehors.

Rose ne voyait toujours pas son visage, mais il lui sembla au son de sa voix qu'il n'était pas très vieux.

— Dites-moi, lança-t-il en se tournant enfin vers elle, après avoir rabattu le col de son manteau et en enlevant son chapeau, elle date de quand, votre bagnole ? Elle n'est pas récente en tout cas !

Rose eut un léger mouvement de surprise en découvrant le visage de celui qui venait de la dépanner, en plus de lui offrir si généreusement son chocolat chaud ! La jeune femme le dévisageait presque avec indécence et n'entendait plus ce qu'il lui disait. Elle le fixait, tandis que son cœur battait la chamade. Un bourdonnement envahissait ses oreilles. Ses mains devinrent moites et elle sentit les poils de son corps se dresser comme si un grand frisson la parcourait. Au fond de son estomac, une sensation étrange grandissait et elle avait l'impression que sa respiration s'accélérait. Pendant un instant, elle en oublia où elle se trouvait, elle ne songeait plus à l'affreuse journée passée, à l'examen échoué et à sa voiture en panne, elle en vint même à s'oublier elle-même. Elle ne voyait plus que lui.

Malgré la pénombre, elle le détailla, remarquant les gouttes de pluie encore accrochées à ses cils foncés, son front droit, ses lèvres charnues et ses pommettes saillantes rougies par le froid. Et, en arrière-fond, comme dans un lointain écho, l'air ancien de *Que sera sera* réactualisé par Pink Martini enrobait la scène pour lui donner une atmosphère très particulière, faisant basculer Rose dans un état second. Elle aurait aimé que cela ne finisse jamais tant l'instant était savoureux. Les sensations qu'elle éprouvait lui procuraient un sentiment extrême qu'elle n'avait encore jamais connu et elle sut dès lors qu'elle était maintenant dépendante de ce garçon.

De son côté, le jeune garagiste demeurait tout aussi silencieux, fixant intensément la jeune femme qu'il découvrait également avec étonnement et ravissement. Pendant un long moment, les deux jeunes se dévisagèrent, leurs yeux se présentant réciproquement leur âme.

— Je m'appelle Zachary, murmura enfin le jeune homme, en enlevant ses gants pour lui tendre la main.

Rose lui présenta la sienne et leurs mains demeurèrent soudées l'une à l'autre plus longtemps que ne le veut le code de la politesse.

— Pink. Je suis Pink, laissa-t-elle échapper dans un souffle.

Le mécanicien fronça légèrement les sourcils, le regard intrigué.

— Pink ? C'est très joli, mais est-ce ton prénom ?

Rose hochait la tête, subjuguée par les yeux du garçon. Elle ne voyait pas leur couleur à cause de la pénombre qui régnait dans le camion, mais elle percevait leur intensité. Il était quinze heures passées et les conditions hivernales extérieures offraient une lumière voilée qui donnait à tout ce qui les entourait les mêmes nuances de gris et de noir.

Elle distinguait tout de même que Zachary avait le teint foncé, que ses cheveux étaient sombres et légèrement bouclés. Elle avait vu, alors qu'elle se trouvait dehors à ses côtés, qu'il était grand, même si elle ne pouvait évaluer son gabarit exact à cause de son manteau. Ce qu'elle savait, par contre, c'est que ce jeune mécanicien — car elle supposait qu'il devait avoir son âge ou à peu près — lui plaisait énormément. Elle ne songeait plus qu'à une seule chose, le connaître davantage. Que sa voiture tombe régulièrement en panne, pour lui fournir un prétexte pour le revoir !

Lorsqu'ils arrivèrent enfin au garage, ce fut pour découvrir Jean-Michel et le patron de la place qui s'impatientaient, le nez collé dans la grande vitre de la salle d'attente. Plusieurs fois, ils avaient tenté de joindre la remorqueuse, qui n'avait pas répondu. L'inquiétude était palpable. Ça faisait plus de deux heures que le jeune garagiste était parti, il était dix-sept heures passées.

— Pourquoi ne répondais-tu pas à l'appel? l'invectiva le propriétaire des lieux, en se campant devant le garçon, les mains enfoncées dans les poches de sa combinaison de travail.

Zachary le regarda une seconde sans comprendre puis il déclara :

— Ben, j'imagine que ma radio est éteinte, voilà tout !

L'homme hésitait, les sourcils froncés.

— Et ton cellulaire, il était éteint, lui aussi ?

— Non, lui, il est mort depuis deux jours, je dois le changer !

Le patron, qui était en fait l'oncle du garçon, fit une drôle de grimace avant de hausser les épaules comme si, dans le fond, il s'en moquait. Il marmonna quelque chose sur les jeunes.

— Le monsieur s'inquiétait pour sa fille, ajouta-t-il, en désignant d'un léger coup de tête le père de Rose qui attendait toujours dans la salle d'attente du garage.

L'adolescente sortit à son tour du camion. Elle fixait avec intérêt les deux hommes.

— Ça va ? demanda-t-elle en s'approchant d'eux, prête à prendre la défense du garçon.

L'oncle avisa la jeune fille puis reporta son attention sur son neveu.

— Oui, oui, ça va. Vous devriez aller voir votre père, mademoiselle, il se faisait du souci, répondit le propriétaire, en indiquant de la main une porte donnant accès à la salle d'attente.

Il haussa une nouvelle fois les épaules et se dirigea, sans plus de cérémonie, vers l'arrière de la remorqueuse.

— Voyons voir… Qu'avons-nous là ? Wow, pas jeune, jeune, la madame… mais quelle classe ! Une Cadillac Cimarron 1988, c'est la dernière année où elle a été produite… Ce bijou n'a que quatre cylindres. Étonnant, n'est-ce pas, quand on voit ce paquebot ?… Dommage qu'elle soit dans un tel état, conclut-il en caressant l'aile de la voiture.

Zachary suivit son oncle non sans jeter des coups d'œil vers Rose qui, elle, s'éloignait. Il aurait aimé lui parler, la retenir, mais ce n'était plus le temps, ni le lieu et puis, il y avait son père qui regardait dans sa direction. Il devait maintenant s'en remettre au destin.

De là où il était, il vit le père de la jeune femme lui mettre la main sur l'épaule. Il comprenait qu'il lui demandait si tout était correct et pourquoi le remorquage avait été aussi long entre l'instant où elle lui avait passé son coup de fil et leur arrivée. C'était si prévisible. Rose gesticulait comme si elle s'emportait et Zachary ne put s'empêcher de sourire en la voyant s'agiter. À ce moment précis, elle leva les yeux vers lui, comme si elle devinait qu'il la regardait, et malgré la distance qui les séparait, un courant passa entre eux deux. Elle leva le bras droit pour lui envoyer un discret signe d'au revoir, tandis que son père l'entraînait vers la sortie.

— Elle est pas mal, hein ? s'exclama sur un ton taquin le propriétaire de la remorqueuse. Joli brin de fille ! Bon, moi, ce n'est pas mon genre, les femmes qui s'habillent en noir de la tête aux pieds. Un peu trop gothique à mon goût… mais bon, est belle pareil !

Zachary tourna la tête vers son oncle en lui lançant un regard morne.

— Que dis-tu là, elle n'est pas gothique, voyons! C'est pas parce que quelqu'un s'habille en noir qu'il est forcément gothique... Tu mélanges tout! C'est une artiste et c'est son style!

— Et c'est quoi, son style?

— Je dirais plutôt dramatique et excentrique!

— Dramatique, excentrique et gothique, pour moi, c'est du pareil au même!

Le jeune homme fronça les sourcils.

— Tu mélanges tout, tu n'y connais rien!

— Bon, bon, monte pas sur tes grands chevaux... gothique ou artiste, elle a un style spécial, c'est de ça que j'parle! Mais si on tasse son *look* « dramatique », dit l'homme en appuyant sur le mot, c'est une bien belle fille, avec ses cheveux orange... je comprends pourquoi tu avais tant de retard... Mais tu devrais faire gaffe, est mineure!

Zachary ne souhaitait pas répondre à cela, sa vie privée ne regardait personne et surtout pas son oncle. Il enfila ses gants de travail et entreprit de libérer la vieille Cadillac de ses liens avec la remorqueuse. Alors qu'il tournait le dos à son patron, Zachary déclara:

— Elle n'a pas les cheveux orange, ils sont auburn!

L'homme le regarda faire en souriant. Il aimait bien son neveu, qu'il jugeait un peu trop sérieux pour son âge. Mais quelque chose lui disait que le garçon allait changer et profiter un peu plus de la vie. Feignant d'ignorer la remarque, il se mit simplement à siffloter *La vie en rose*, d'Édith Piaf.

•◆•

Dans l'auto qui la ramenait chez elle, la jeune Montembault n'entendait pas ce que son père lui racontait. Il lui parlait de choses qui ne l'intéressaient pas, comme la remontée de leurs actions à la Bourse, et elle se contentait de hocher la tête de temps en temps en signe d'approbation. Jean-Michel avait constitué des portefeuilles au nom de chacun de ses enfants et était en train de leur bâtir un joli petit pécule, mais ça, la jeune femme n'en avait que faire. Elle préférait se perdre dans ses pensées. Elle connaissait si bien les discours de son père sur l'argent et sur son caractère fondamental dans la vie. Pour Jean-Michel, être heureux voulait dire avoir des sous de côté, beaucoup de sous, et pour cela, il fallait donc avoir un emploi payant. Mais sa fille ne l'écoutait pas, elle rêvait tout éveillée. Rose repassait en boucle sa rencontre avec Zachary. Elle revoyait encore et encore l'instant où elle avait découvert son visage et où ses yeux brillants dans la pénombre s'étaient posés sur elle. Ses mains se dessinaient dans les dernières lueurs projetées par la lumière chétive des lampadaires extérieurs, dont l'éclairage s'évanouissait sous les attaques incessantes des gouttes de pluie gelées. Elle entendait le son de sa voix, leur discussion et leurs rires, et souriait en se rappelant les quelques blagues qu'il lui avait faites. Elle humait encore le doux parfum qui se dégageait de lui et qui était venu toucher ses sens lorsqu'il avait ouvert son manteau. Mais surtout, elle revivait le moment où, lentement, il s'était approché d'elle et que leurs lèvres s'étaient effleurées. Ce fut un baiser timide, teinté d'hésitation. Le monde, son monde, à cette minute précise, ne fut plus le même. Zachary l'avait ensuite embrassée avec une grande tendresse puis, prenant son visage entre ses mains, il avait transformé ce premier rapprochement en passion. Son cœur s'était emballé et sa tête s'était mise à tourner au point de lui donner le vertige, tandis qu'il la tenait fermement dans ses bras. Elle avait alors compris qu'elle ne serait jamais rassasiée de ses étreintes et qu'elle ne pourrait plus se passer de ses baisers, qu'elle était éprise de Zachary. Rose était foudroyée par l'amour ; cette émotion l'avait pénétrée aussi rapidement que l'air qui frappe les poumons, que l'oxygène qui vivifie le corps. Le foudroiement avait été instantané.

Chapitre 4

La pièce était baignée de soleil et, malgré les débuts difficiles de ce printemps tardif, la lumière avait ce petit rien qui confirmait à ceux qui en percevaient les nuances son avènement. Chaque jour, l'astre solaire affirmait un peu plus sa suprématie en gagnant sur l'hiver quelques minutes d'éclaircissement. C'était peu à la fois, mais les gens pressentaient au fond d'eux que l'hiver s'achevait bel et bien. Bientôt, la bataille serait une nouvelle fois remportée.

— Je n'avais jamais rien ressenti comme ça avant, c'était… (Rose cherchait le mot exact qui viendrait exprimer ce qu'elle avait éprouvé), grandiose… oui, grandiose. Je dirais même : l'apothéose.

Elle marqua un temps avant d'ajouter sur un ton plus sérieux :

— Dis-moi, Bérengère, c'est ça, tomber en amour, vivre un coup de foudre ?

Bérengère, un demi-sourire suspendu aux lèvres, observait avec attention sa petite-fille depuis qu'elle était arrivée. Tout de suite en lui ouvrant sa porte, au premier regard, elle avait su que la jeune femme vivait quelque chose de particulier. Rose rayonnait et ne cessait d'afficher l'air serein de ceux qui sont heureux et qui ont la certitude d'avoir découvert un bienfait rare. Comme s'ils étaient l'unique détenteur d'une vérité profonde.

— Je crois bien que oui, ma rose.

Bérengère était une des seules personnes qui pouvait appeler Rose par son prénom, car un jour que celle-ci s'insurgeait, elle lui avait expliqué qu'elle ne l'associait pas à son arrière-grand-mère, qu'elle n'avait presque pas connue, mais plutôt à la fleur. La rose représentait à ses yeux la délicatesse, la beauté et l'indépendance, à cause de ses épines. La fragilité et la force, la grâce et la prééminence. Elle avait précisé que, pour elle, elle n'était pas Rose, mais « sa rose ». Ce que la jeune femme accepta, heureuse de savoir que Bérengère associait son prénom à des symboles qu'elle aimait, et non à des caractéristiques qui ne la représentaient pas.

— Le coup de foudre ne se produit pas tous les jours, tu sais, poursuivit-elle. Lorsque ça arrive, on le sait, on ne se trompe pas. L'amour, c'est la certitude que ta vie, c'est l'autre, et qu'elle ne peut être qu'avec l'autre. Et ce que je perçois dans ton regard me confirme que ce garçon t'a bien accrochée. Tu sembles éprise de lui et ta joie de vivre fait plaisir à voir. C'est une merveilleuse chose que d'aimer, et n'écoute pas les gens qui tenteront de te convaincre du contraire. Ceux-là ne connaissent pas le véritable sens de l'amour. Vaut mieux l'avoir connu même un bref instant que de vivre sa vie sans jamais l'avoir tenu dans ses bras.

La grand-mère de Rose se tut quelques secondes, tout en continuant d'observer sa petite-fille.

— Mais dis-moi, ma rose, ce garçon, est-il aussi accroché que toi ? Ce coup de foudre est-il réciproque ? lui demanda-t-elle soudain.

Rose fronça légèrement les sourcils, comme si la question méritait que l'on s'y arrête. Pourtant, elle se l'était déjà posée une bonne centaine de fois depuis cette fameuse rencontre.

— Très honnêtement, je ne sais pas, mamie… Je l'ignore, il ne m'en a rien dit. Ce que je sais, c'est qu'il était d'une douceur incroyable et qu'il me murmurait des mots délicats, qu'il me regardait avec intensité. Il m'a semblé très sincère, mais j'ignore si c'était de l'amour… Comment savoir? Peut-on voir l'amour dans les yeux de l'autre?

Bérengère demeura silencieuse, soupesant la question de sa petite-fille. La chose était sérieuse et Rose attendait une réponse sensée et réfléchie, pas une de ces banalités sur la certitude que l'on doit éprouver dans son cœur quand on regarde l'autre. C'était de la foutaise et tout le monde le savait. Le doute était toujours là, il était aussi présent dans les relations que dans les sentiments. Sa petite-fille vivait sa première histoire d'amour et cela ne devait pas être pris à la légère.

—Je serais portée à te répondre que oui, mais je ne pense pas que cela soit aussi simple. Des gens qui s'attirent l'un l'autre se reconnaissent certainement entre eux, parce qu'il y a une force particulière qui les dirige l'un vers l'autre… Je dirais que l'on voit dans le regard d'un amoureux un sentiment unique, puisqu'il s'agit d'une émotion unique. Je doute très sérieusement que l'on puisse mentir avec ses yeux. Je crois plutôt que c'est l'interprétation que l'on fait du regard de l'autre qui fait la différence dans les sentiments qu'on souhaite y lire.

Rose semblait soucieuse. Elle porta son index à sa bouche et s'en prit à ses cuticules, le temps de réfléchir à ce que venait de lui confier Bérengère.

— Tu veux dire que l'on projette dans le regard de l'autre ses propres sentiments et qu'on y voit ainsi ce que l'on espère y trouver ?

— Je pense que oui, et c'est pour cela que tant de gens se trompent sur les réelles émotions des autres.

— Zachary me regardait bien avec intensité, ça, j'en suis certaine, mais j'ignore si ses sentiments étaient aussi profonds, si c'était un coup de foudre. Je ne sais pas si son regard était celui de l'amour, puisque je ne lui en connais pas d'autre. Peut-être a-t-il cette même attention avec les autres filles...

Bérengère hésitait, la question était délicate et elle devait répondre avec doigté.

— Je ne le pense pas, ma rose...

— Mais tu ne l'as jamais vu, comment peux-tu dire ça ?

— Je le sens, dit Bérengère en tapant doucement de la main sur sa poitrine, au niveau du cœur. Et je te connais, si tu es tombée amoureuse de ce garçon, c'est qu'il s'agit de quelqu'un de bien, qui est tout à fait capable de te retourner cette affection. Je ne le connais pas, lui, mais toi, oui. Je sais que tu n'es pas le genre de jeune fille à tomber amoureuse dès qu'un garçon te sourit et te dit trois mots doux ! Je le sens au fond de moi... tout comme je sens également que tu as un autre secret dont tu n'oses pas me parler !

— J'ignorais que nous avions des dons de divination dans la famille, la taquina Rose en s'attaquant aux cuticules de son index gauche. Sorcière ! s'écria-t-elle.

Bérengère sourcilla, les yeux rieurs.

— Je sais à quoi tu penses, mamie, je devine tes pensées. Tu te dis que ma mère songe effectivement que tu es une sorcière. C'est bien ça ? Tu exagères...

— Ah, oui ? En es-tu sûre ? répondit la femme sur un ton qui se voulait moqueur. Mais ne changeons pas de sujet, jeune fille. À mon âge, on ne peut traiter que d'une seule chose à la fois ! Je t'écoute.

La grand-mère de Rose était assise dans un fauteuil ancien, de style indéfinissable que l'on pourrait qualifier de rococo, et elle fixait avec attention sa petite-fille. Rose, de son côté, n'osait pas se confier, non parce qu'elle ne lui faisait pas confiance — bien au contraire, s'il y avait quelqu'un en qui l'adolescente avait une confiance totale, c'était bien Bérengère. Non, en réalité, elle hésitait, car elle ne souhaitait pas parler de son dilemme. Elle ignorait encore quoi faire au sujet de ses études et de ses parents, et elle était convaincue que si elle en discutait avec sa grand-mère, celle-ci la pousserait à agir. Mais elle savait également que la mère de son père ne la laisserait pas s'en tirer aussi facilement, et insisterait jusqu'à ce que Rose lui avoue ce qui la tracassait. Cette femme avait ce point en commun avec son autre grand-mère, Marie-Odile : elle était aussi tenace. C'était décidément un trait de famille, des deux côtés. Difficile de prendre sa place quand tout le monde autour de soi a un tel tempérament. Comme si elle se parlait à elle-même, Rose haussa les épaules puis se décida enfin à s'ouvrir :

— J'ai fait une demande d'admission au cégep du Vieux Montréal en arts plastiques, lança-t-elle, en plongeant ses yeux bleus dans ceux de sa grand-mère.

Bérengère leva ses sourcils en accents circonflexes, visiblement étonnée par ce que lui apprenait Rose.

— Tu as fait ça ?

L'adolescente opina du bonnet. La vieille femme, de son côté, hocha doucement la tête. Elle semblait hésiter sur ce qu'elle allait répondre.

— Et ? demanda-t-elle seulement.

— J'ai été acceptée.

— Hmmm… Je dois t'avouer que je suis surprise ! Je ne pensais pas que tu aurais le cran de faire une demande de ce genre… Mais j'en suis très honnêtement ravie pour toi, heureuse de constater que tu as une force de caractère exceptionnelle, car il en faut pour contrer la volonté de ses parents.

Malgré ce que lui disait sa grand-mère, Rose craignait toujours que la nouvelle n'engendre des objections, car Bérengère n'exprimait pas vraiment son opinion sur sa décision. Elle pourrait lui reprocher de ne pas écouter ses parents, lui rappeler que, à son âge, elle ignorait encore ce qui est bien pour elle, et lui signifier que le métier d'artiste n'est pas un travail sérieux, comme le pensait le reste de sa famille. Bérengère était une femme plus ouverte que son autre grand-mère, plus ouverte même que sa propre mère, en ce qui concernait les choix personnels de la vie, mais elle avait tout de même des idées bien arrêtées sur certaines choses : après tout, son père devait bien tenir de quelqu'un ! Sa grand-mère pensait plus librement que les autres membres de sa famille, certes, mais elle avait aussi des opinions assez strictes sur quelques sujets.

La vieille femme voyait bien dans le regard de sa petite-fille que celle-ci attendait son approbation, comme si elle avait besoin d'être rassurée sur ses choix.

— Mais, je suis très contente pour toi, ma rose, s'exclama enfin la vieille femme en ouvrant grands ses bras. Tu as raison de décider de ta vie et de choisir ce que tu feras plus tard, ce qui te rendra heureuse. Il n'y a que toi qui le saches, ne laisse personne te convaincre du contraire.

Rose bondit de son fauteuil pour venir se caler contre la généreuse poitrine de sa grand-mère. Bérengère passait sa main dans la chevelure souple et bouclée de sa petite-fille et, pendant un instant, elles demeurèrent silencieuses. La femme savait cependant que la nouvelle allait créer une onde de choc dans la famille. Rose aurait à se battre pour faire accepter ses choix et la vieille femme craignait que sa bataille ne soit perdue d'avance, elle connaissait si bien les Montembault.

— Et quand vas-tu l'annoncer à tes parents ? demanda-t-elle au bout d'un moment.

Rose se redressa pour regarder sa grand-mère en face. De si près, elle pouvait voir qu'elle avait les yeux couleur noisette, les mêmes que son père. Rose ne ressemblait pas physiquement à Bérengère, mais d'esprit, elle savait qu'elle tenait d'elle.

— Très honnêtement, je l'ignore, mamie. J'appréhende tellement ce moment, c'est sûr que ça aura l'effet d'une bombe.

— Ah, ça, tu peux en être certaine ! La nouvelle n'enchantera pas tes parents et encore moins ta grand-mère. Tu connais leur position sur le sujet, il faut un job sérieux dans la vie et pas n'importe lequel, une vraie profession. Les Montembault ne sont pas nés pour de modestes métiers, ils ne visent que l'excellence, même au péril de leur bonheur. Mais je suppose que tu sais tout ça, n'est-ce pas ? Je ne t'apprends rien. Tu vas devoir leur faire face et ne pas céder à leur pression, car ils vont t'en mettre.

— Oui, c'est ce que je crains…

— Tu sais, ma rose, si toi, tu es convaincue de faire le bon choix, ils n'ont pas à s'en mêler. Ta mère va certainement te dire que, tant que tu n'es pas majeure, ce sont eux qui décident, mais je pense que tu sauras trouver les mots justes pour les persuader. Une chose, ajouta la vieille femme en fixant sa petite-fille avec sérieux, ne tente pas de les convaincre, pas tout de suite du moins. Tu dois leur faire part de tes préférences, mais tu dois également leur laisser le temps de se faire à l'idée. Tu devras leur démontrer que ton bonheur passe par tes choix.

— Mais je serai seule face à eux…

Le visage de Rose s'illumina soudain.

— Mamie, je veux que tu sois présente, que tu sois à mes côtés, lorsque je leur dirai ! s'écria la jeune femme en plaçant ses mains jeunes, douces et délicates sur celles qui étaient couvertes de taches brunes et qui témoignaient de l'âge avancé de sa grand-mère.

— Oh ! ma rose, que me demandes-tu là ? Tu sais que c'est impossible… Mon aide ne t'apporterait rien de bon, je pense même que ma présence te nuirait. Ta mère va encore me jeter à la figure que c'est moi qui t'ai mis ces idées dans la tête.

— Bérengère, s'il te plaît, j'ai besoin de ton aide. Si tu m'accompagnes, papa sera moins du côté de maman, il osera moins tenir des discours d'arriviste devant toi…

La grand-mère porta ses yeux vers le cadre qui était posé sur le guéridon près d'elle et qui contenait la photographie de son pauvre mari, mort depuis longtemps maintenant.

— Tu vois ce qu'est devenu ton fils à cause de tes grands discours sur l'argent, il fait peur à sa propre fille ! lança-t-elle sur un ton de reproche à celui qui fixait l'objectif, le regard moqueur.

•—•

La jeune femme tapa discrètement sur l'épaule de celle qui se trouvait devant elle. Rose ne tourna pas la tête, mais la pencha légèrement vers la gauche, pour signifier qu'elle prêtait attention à celle qui venait de l'interpeller de façon aussi subtile.

Du coin de l'œil, elle vit l'étudiante lui tendre sur le côté de la table de travail un bout de papier plié en quatre. Elle le saisit aussitôt, en jetant un regard rapide vers le professeur de chimie, qui circulait entre les rangées en se penchant de temps à autre sur un de ses élèves et sa copie. Un profond silence régnait dans le local, interrompu par moments par un reniflement ou une toux. La grippe était mauvaise et plusieurs s'étaient présentés à cet examen avec leur boîte de papiers-mouchoirs et tout leur attirail pharmaceutique.

Rose glissa le mot sous sa cuisse tandis que le professeur, Daniel Tousignant, entamait la remontée de la rangée où elle se trouvait. L'étudiante s'appliqua à avoir l'air concentré jusqu'à ce qu'elle sente qu'il n'était plus derrière elle. Au même moment, quelqu'un toqua à la porte du local. Le professeur s'y dirigea aussitôt pour l'entrebâiller et sortir. À travers le carreau, elle le voyait discuter avec quelqu'un, mais elle ignorait qui. De toute façon, c'était le cadet de ses soucis. Si Rose observait aussi attentivement son professeur, c'était pour savoir si oui ou non elle pouvait lire le message qu'elle venait de recevoir. Sans quitter la porte des yeux, elle extirpa le papier et le déplia :

« Zachary news ? »

La jeune femme griffonna à l'endos du papier :

« Non. J't'en reparle après. »

Les yeux toujours rivés sur la porte, elle glissa le billet plié sur le pupitre de son amie.

Environ quinze minutes plus tard, Rose déposa la copie de son examen sur le bureau du professeur, qui la gratifia d'un signe de tête, puis se dirigea vers la sortie. Avant de refermer la porte derrière elle, elle jeta un regard à Katrine, qui lui fit le signe cinq avec ses doigts pour informer sa meilleure amie qu'elle terminerait dans ce temps.

Rose patienta à l'extérieur, discutant avec quelques élèves qui, comme elle, avaient terminé le test.

— As-tu compris la question six ? Moi, rien… demandait-elle à un garçon quand la porte du local s'ouvrit pour laisser passer sa meilleure amie.

— Alors ?

— Bien, ç'a très bien été, toi ?

— Hmmm, pas sûre. Le numéro six, je n'ai rien compris, s'exclama Rose en dévorant les cuticules de son majeur.

— Hein ? Pourtant, c'était simple…

— Ah, oui ?! rétorqua Rose en fronçant les sourcils, inquiète.

— De toute façon, tu ne peux plus rien faire, ajouta son amie. Alors, Zachary ? Tu as des nouvelles de lui ?

— Non, aucune… Je pense qu'il voulait juste flirter…

— Ouais, ça ressemble à ça… Je trouve ça moche…

— Et moi donc !

— Pis Maxime, tu fais quoi ?

Pour toute réponse, Rose se contenta de hausser ses épaules. Elle ignorait ce qu'elle ferait de son petit ami, mais elle savait très bien qu'elle devait l'informer de la situation, par simple respect pour lui.

La jeune femme avait certains défauts, mais pas celui d'être malhonnête envers ceux qu'elle aimait. Même si elle s'était laissé séduire par un autre, Maxime occupait toujours une place importante dans sa vie. Pour le moment, il était encore son petit ami. Elle devait mettre les choses au clair avec lui. Rose songea qu'elle arrivait à un tournant important de sa vie, que bien des décisions dépendaient d'elle et qu'elle était seule devant celles-ci. Elle devait faire face à ses parents, afin de leur dire ce qu'elle souhaitait pour son avenir et, en plus, elle devait annoncer à son copain qu'elle avait rencontré quelqu'un d'autre. Jamais encore elle n'avait eu à vivre ce genre de situation, jamais elle n'avait

eu à défendre autant ses opinions. Était-ce ça,
vieillir, entrer dans le monde adulte ?

CHAPITRE 5

Ça faisait maintenant sept jours que la panne avait eu lieu. Sept jours depuis sa rencontre avec Zachary. Sept jours qu'elle n'avait pas eu de ses nouvelles. Il lui avait pourtant dit qu'il l'appellerait, mais chaque fois que son iPhone sonnait, ce n'était pas sa voix qu'elle entendait. Elle commençait à se faire à l'idée que le jeune homme avait simplement profité de la situation en s'offrant un flirt un jour de sale temps, pour rompre la monotonie, et qu'il ne pensait déjà plus à elle. La sonnerie de son téléphone la tira de ses pensées. Elle regarda son afficheur et poussa un profond soupir de lassitude. Déprimée, elle répondit en s'efforçant de paraître contente.

— Ma Pink, comment vas-tu ?

C'était Maxime. Elle ne lui avait pas parlé depuis plusieurs jours, elle n'en avait pas ressenti le besoin, ou encore, peut-être n'avait-elle pas eu le courage de l'affronter... Elle ne retournait pas ses appels ou ne répondait pas lorsqu'elle apercevait son numéro de téléphone. Pourtant, elle savait fort bien que, tôt ou tard, elle aurait à lui dire ce qu'elle vivait, à lui avouer qu'elle avait embrassé un autre garçon, et surtout, qu'elle en était tombée amoureuse. Elle ignorait, bien entendu, ce qui allait se passer avec Zachary. D'ailleurs, depuis cette seule et unique rencontre, il lui fallait admettre que rien ne semblait se dessiner à l'horizon. Devait-elle oublier et passer par-dessus cette histoire pour autant, ne jamais en faire mention à Maxime ? Après tout, ils ne s'étaient qu'embrassés, rien de plus. Une amourette sans lendemain et sans conséquences... Enfin, tant et aussi longtemps qu'elle ne s'arrêtait pas au fait qu'elle était amoureuse de ce garçon, les choses étaient, en réalité, comme avant ! Qu'était-ce, qu'un baiser ?

Rose ferma les yeux un instant, le temps de reprendre ses esprits. Elle parlerait à Maxime quand l'occasion se présenterait. Ses yeux s'embuèrent. Elle aurait aimé que cette voix soit celle de Zachary. Une larme s'échappa tandis qu'elle répondait à son petit ami.

Encore une chose qui venait s'ajouter à ses inquiétudes. La liste de ses préoccupations

s'allongeait et Rose avait la désagréable impression d'être dépassée par les événements, d'être
incapable de prendre une décision. Elle devait
affronter sa réalité et faire face à ses parents, à
son chum, à ses choix et à ses sentiments... mais
elle repoussait le moment.

·•·

L'adolescente donna rendez-vous à son
copain le soir même, chez lui. Elle était enfin
résolue à tout lui avouer, elle lui devait bien ça.
Maxime était un garçon honnête, il ne méritait
pas qu'elle lui cache ce genre de chose, c'était
trop important. Et puis, en y réfléchissant bien,
elle reconnut qu'elle détesterait que la situation
soit inversée, que Maxime ait eu un flirt avec une
autre fille et qu'il ne lui en ait pas parlé.

La chambre de son petit ami se trouvait au-
dessus du garage rattaché à la maison, mais un
escalier privé permettait d'y accéder sans avoir à
passer par la porte d'entrée. Lorsqu'elle arriva,
l'adolescent était en train de jouer sur sa Xbox
au dernier *Assassin's Creed*.

Il la gratifia d'un sourire, mais ne se leva
pas pour l'accueillir. Rose comprit aussitôt que
quelque chose n'allait pas. Ce n'était pas son

genre, Maxime était d'une grande galanterie, pas comme certains gars de son école qui semblaient descendre en ligne droite de l'homme de Néandertal. Elle vint s'asseoir à ses côtés et pendant de longues minutes, ils demeurèrent silencieux, le regard fixé sur l'écran de télévision.

— Ta voiture est réparée ? demanda enfin le garçon sans pour autant lâcher des yeux l'écran.

La jeune femme trouva la question de Maxime vraiment étrange. Était-ce une coïncidence qu'il lui parle de cela ?

— Oui, oui, je devrais l'avoir demain.

— C'est moche, cette histoire de panne... Pourquoi ne m'as-tu pas appelé ? Je serais allé te chercher.

Rose hésita. Quelque chose dans le ton de Maxime la prévenait qu'il n'avançait pas vers ce sujet par hasard. Elle savait qu'il lui fallait être le plus honnête possible, elle le sentait, elle le lui devait.

— Mon père m'avait donné la carte d'un garagiste... Et j'avais besoin d'une remorqueuse, c'était évident, tu n'aurais rien pu faire... Écoute, Maxime, lança aussitôt la jeune femme, comme si l'affaire devenait urgente, j'ai quelque chose à te dire et je ne peux pas faire semblant de discuter avec toi de banalités, comme si de rien n'était. Je n'en ai pas envie.

Maxime mit le jeu sur pause et se tourna vers elle pour lui faire face. L'adolescente était visiblement mal à l'aise, elle évitait son regard. Pour sa part, Maxime maintenait un silence lourd, si empreint de reproches, du moins, c'est ainsi qu'elle l'interprétait.

— Je… je suis désolée, Maxime, pour ce que je vais te dire, mais je ne peux plus me taire, je dois te mettre au courant de la vérité, parce que je tiens beaucoup à toi… On… on ne peut plus sortir ensemble, je suis désolée, j'ai rencontré quelqu'un d'autre…

— Et tu l'as embrassé, laissa tomber comme une masse de pierres le jeune homme, sans autre préambule.

Rose le dévisageait, le front froissé, l'air franchement étonné.

— Comment… quoi? De quoi parles-tu? Que veux-tu dire?

— Je dis que tu l'as embrassé, enfin, que c'est lui qui t'a embrassée, mais que tu t'es laissée faire. Je le sais, non seulement parce que je l'ai senti dans ta voix, mais aussi parce que je vous ai vus.

— Quoi, tu nous as vus ? parvint-elle à articuler, alors que des larmes roulaient sur ses joues.

— Oui, comme je te vois là, devant moi. Tu ne t'attendais pas à ça, hein ? Lorsque tu as appelé ton père pour le prévenir que tu étais en panne et lui demander qu'il vienne te chercher, j'étais chez toi. Il l'a dit à ta mère juste comme j'arrivais... Tu ne t'en souviens certainement pas, mais nous avions rendez-vous cet après-midi-là (Rose ferma les yeux, honteuse et terriblement mal à l'aise). Je suis ressorti en même temps que lui, mais au lieu de rentrer chez moi, je me suis douté que, si l'auto était en panne, c'était à l'endroit où tu as l'habitude de la stationner lorsque tu vas en cours. Je m'y suis donc rendu, je ne voulais pas que tu gèles à attendre une remorqueuse qui aurait pu se pointer deux heures plus tard. Mais lorsque je suis arrivé, tu te trouvais déjà dans le camion du garagiste. J'étais là, dans ma bagnole, lorsque je vous ai vus à travers le pare-brise du camion. J'ai su aussitôt que quelque chose se passait entre vous. Je suis sorti de ma voiture pour m'approcher de vous et je suis resté là un moment à vous observer, alors que vous deux, vous ne vous lâchiez pas des yeux. J'étais à cinq pas de vous, mais vous ne me voyiez pas...

Rose pleurait silencieusement, le visage enfoui dans ses mains. Elle n'avait pas souhaité que ça se passe comme ça.

— Je suis désolée, Maxime, si tu savais…

— … et là, vous vous êtes embrassés, poursuivit le garçon, sans prêter attention à ce que venait de dire l'adolescente ni à ses larmes. Il faisait un temps de chien, j'étais frigorifié, trempé, mais je ne parvenais pas à détacher mon regard de vous. Même à travers cette neige fondante qui dégoulinait sur le pare-brise et cette buée qui masquait de plus en plus vos silhouettes, je devinais parfaitement vos baisers. J'ai pensé taper à la portière, vous interrompre, mais j'étais incapable de bouger.

Ne pouvant plus tenir, Rose se leva précipitamment pour se diriger vers la porte, mais déjà Maxime la retenait par les bras. Lui aussi avait le visage en pleurs.

— Je suis désolée, je suis désolée, hoqueta l'adolescente en se laissant enlacer par son petit ami. Je ne voulais pas te…

— Je le sais, je le sais… Je le suis aussi… Je te propose quelque chose, nous allons oublier tout ça, OK ? Faire comme si ça n'avait jamais eu lieu, ça ne s'est pas produit. C'est oublié, on efface tout et on recommence… C'est une erreur, ça arrive. Personne n'est parfait, ma Pink, personne… Tu as eu un écart, et alors ? J'en aurai peut-être un jour, qui sait ?

À ce moment-là, Rose comprit que Maxime souhaitait rester avec elle, qu'il était prêt à lui pardonner cet égarement. Elle se détacha lentement, s'essuyant les yeux du revers des mains, tout en reniflant.

— Maxime, tu es vraiment quelqu'un de bien, et j'ai énormément de chance de te connaître… mais c'est impossible… On ne peut plus sortir ensemble, c'est trop tard…

— Trop tard, mais pourquoi, puisqu'il ne s'est rien passé ?

Rose le regarda, et perçut toute la peine dans ses yeux.

— Je suis amoureuse de lui, Maxime, tu comprends ? Jamais je ne pourrai oublier ce qui s'est passé !

Maxime recula d'un pas comme s'il recevait un choc. Il la dévisagea, cherchant à voir si elle ne lui racontait pas d'histoires. Sans mot dire, les traits marqués d'une infinie tristesse, il lui tourna le dos. Rose s'avança et plaça sa main sur le dos de son ex-petit ami, mais celui-ci s'écarta

rudement en prononçant des mots qui reviendraient longtemps la hanter :

— Va-t'en. Je ne veux plus te voir…

• •

Antonin entra dans sa chambre et s'approcha de son lit pour allumer la lampe sur sa
table de chevet lorsqu'il la vit, enroulée dans ses
couvertures.

— Pink ? Mais que fais-tu ici, dans ma
chambre ? J'pensais que tu étais chez Maxime…
Ça ne va pas ?

Rose pleurait doucement, sans éclat, de pur
chagrin. Son frère s'assit à ses côtés et posa la
main sur son épaule.

— Que se passe-t-il, dis-moi ? Les parents
savent que tu es là ?

— Non, bredouilla-t-elle entre deux sanglots.

— Dis-moi ce qui s'est passé…

— Je viens de laisser Maxime…

Antonin hochait la tête comme si la nouvelle
ne l'étonnait pas.

— Et je suis amoureuse d'un gars que je viens
de rencontrer, que je connais à peine et dont
je n'ai aucune nouvelle depuis des jours et des
jours…

— Il ne s'appellerait pas Zachary, ton gars, par hasard ?

Rose se souleva pour dévisager son frère.

— Comment le sais-tu ? Tu étais présent, toi aussi ?

— Hein, quoi, présent ? Où ?

— Non, laisse tomber… Alors ?

— Ben, il a téléphoné tout à l'heure, tu venais juste de partir chez Maxime.

— Il a appelé ?

— Ben, oui, ce n'est certainement pas moi qui l'ai appelé, j'ignore c'est qui, ce gars !

— Ohhh… s'écria Rose en se blottissant dans les bras de son frère, qui l'enserra avec force.

— Ça va mieux ?

— Oui, merci… Même si je suis toujours aussi malheureuse pour Maxime, je lui ai fait du mal…

— En amour, y en a toujours un qui souffre, c'est la loi, puisqu'on ne peut aimer de la même façon et avec la même intensité. Y en a toujours un qui aime plus que l'autre.

Rose acquiesça, en se mordant la lèvre inférieure.

— A-t-il laissé son numéro de téléphone ? l'interrogea-t-elle.

— Il ne te l'avait pas donné ?

— Son cell était mort et il devait aller s'en chercher un nouveau.

Antonin approuva d'un signe de tête.

— C'est bien ce qu'il m'a dit. J'ai mis son numéro sur ta table de chevet avant que m'man me demande ce que c'était… Déjà qu'elle cherchait à savoir qui voulait te joindre, alors que tu étais chez Maxime.

— Merci, mon frérot préféré !

Antonin lui tira la langue.

— OK ! Maintenant, sors de ma chambre, je dois me coucher, j'ai un examen demain matin et je suis crevé.

Rose se leva, laissant le lit de son frère complètement défait. Elle le serra dans ses bras avant de regagner sa propre chambre. Mais au moment où elle traversait le couloir, une voix l'interpella du rez-de-chaussée :

— Rose, c'est toi ?

L'adolescente grimaça.

— Oui, c'est moi.

— Depuis quand es-tu rentrée ? Je ne t'ai pas entendue, dit Gabrielle, tandis qu'elle montait les escaliers.

— Ça fait un moment, j'avais mal à la tête, j'ai préféré aller m'étendre…

— Dans la chambre de ton frère ?

— Un caprice… prétexta-t-elle.

— Un caprice, hein ? Pourquoi cela ne m'étonne-t-il pas de toi ? Quand deviendras-tu sérieuse, ma fille ?

Rose leva la main pour arrêter sa mère.

— Stop, maman ! Pas ce soir. J'ai un horrible mal de tête, je vais me coucher… On reparlera de ça demain…

Gabrielle, interloquée par le ton de la réplique, ouvrait de grands yeux surpris.

— Bonne nuit, conclut l'adolescente en entrant dans sa chambre.

Sa mère demeura là quelques secondes, ahurie, à se demander ce qu'elle avait bien pu faire au bon Dieu pour avoir une fille aussi farouche.

« Seigneur ! Si elle pouvait canaliser cette énergie à vouloir réussir sa vie, il n'y aurait rien pour l'arrêter ! »

Rose attendit plusieurs minutes derrière la porte en retenant son souffle, jusqu'à ce que le son des pas s'éloigne enfin dans un grincement des marches. Sa mère redescendait au salon, elle allait pouvoir appeler Zachary.

Sans perdre une seconde de plus, elle composa son numéro de téléphone et compta le nombre de coups de sonnerie avant qu'il réponde.

Au quatrième coup, elle entendit enfin sa voix.

— Zachary ? C'est Pink...

Elle ferma les yeux et se laissa tomber à la renverse sur son lit.

❧

CHAPITRE 6

— Ma chérie, devine ce qui nous arrive d'extraordinaire ? demanda Gabrielle en tournant autour de sa fille qui rentrait de ses cours.

Rose souriait de voir sa mère aussi enjouée, elle ressemblait à une gamine devant un magasin de jouets. C'était vraiment très, très rare qu'elle se laisse aller ainsi. La nouvelle devait être importante, en tout cas elle la rendait visiblement de bonne humeur.

— Je l'ignore, on a gagné à la loterie ?

— Mais non, ne dis pas de bêtises, je ne joue jamais. Non, quelque chose d'encore plus prodigieux.

— De plus prodigieux ? Qu'y a-t-il que plus prodigieux que de gagner à la loterie ?! Attends, laisse-moi y penser… Tu es enceinte ? Oh, j'aimerais bien avoir une petite sœur ! lança la jeune femme en riant, tandis que sa mère, elle, perdait son sourire.

— Tu dis vraiment n'importe quoi, que tu peux être bête, parfois! Non, non, réfléchis et sois sérieuse, s'il te plaît, c'est quelque chose qui te concerne, quelque chose qui va te permettre d'ouvrir toutes grandes les portes de ton avenir, quelque chose qui va te mener loin!

Cette fois, Rose cessa de rire et fixa sa mère avec attention. Elle venait de comprendre qu'elle était l'objet du bonheur de sa mère. Celle-ci hochait frénétiquement la tête en pressentant que Rose saisissait enfin de quoi il était question. Gabrielle avait le sourire fendu jusqu'aux oreilles.

— Ouiiiii, ma chérie, tu as compris, tu viens d'être acceptée dans les deux collèges où tu avais envoyé ta demande d'admission! Tu imagines? Deux réponses positives dans des écoles aussi distinguées! Tu en as, de la chance, c'est incroyable et c'est certainement exceptionnel, comme situation. Il faut dire que le nom des Montembault donne la préséance à ton dossier, que tu choisisses l'un ou l'autre établissement! Quoi qu'il en soit, tu pourras choisir où tu souhaites aller lorsque nous irons aux rencontres prévues. Mais rien ne presse pour l'instant. N'est-ce pas là une grande nouvelle?

— Je n'ai jamais fait de demande pour entrer dans ces écoles, maman, c'est toi et papa qui les aviez envoyées. Ça, c'est un premier point. Deuxième point, je n'en reviens pas que tu ouvres le courrier qui m'est adressé !

Rose songea au même moment qu'elle avait vraiment bien fait de faire envoyer la réponse à sa demande au cégep du Vieux Montréal chez Maxime. Quelle bonne idée elle avait eue ce jour-là !

— Mais, enfin, ma chérie, que me dis-tu là ? Ça n'a aucune importance, qui ouvre ce genre de lettre, ce n'est pas personnel… Je ne me le permettrais pas autrement. Et puis, je suis ta mère, tu peux tout me dire…

Rose arqua son sourcil gauche comme pour émettre un doute.

— Maman, même si je reçois de la pub, quand celle-ci m'est adressée, c'est à moi qu'elle est envoyée, à personne d'autre, tu comprends ? C'est mon courrier et c'est personnel, et cela, peu importe son contenu. Je n'en reviens pas que tu juges acceptable cette intrusion dans ma vie privée. Est-ce que j'ouvre les lettres qui te sont adressées, ou celles de papa ou d'Antonin ?

— Bon, bon, ne sois pas si susceptible. Je trouve que tu fais tout un plat pour pas grand-chose. Ce n'était quand même pas une lettre de ton petit ami, ce Maxime, c'était une réponse du collège où tu pourras faire ton entrée en septembre... Collège, soit dit en passant, que nous allons payer, donc dont la réponse nous concerne un peu, je crois. Mais bon, puisque tu y tiens, je ne recommencerai plus, c'est promis !

Rose allait dire à sa mère qu'elle ne sortait plus avec Maxime, mais elle se retint en pensant qu'il valait mieux attendre. Elle ne lui annonce-rait pas non plus qu'elle avait rencontré Zachary et qu'elle en était complètement amoureuse. Qu'ils ne s'étaient vus qu'une seule fois et qu'elle ignorait encore s'ils étaient « officiellement » ensemble. Non, pas un mot sur ce nouveau copain avant d'être certaine. En fait, elle appré-hendait la réaction de ses parents lorsqu'elle leur apprendrait que le nouveau copain aurait dix-neuf ans dans quelques semaines et qu'il travaillait au garage de son oncle. Ça, ça ris-quait de soulever bien des contestations. Quant à Maxime, elle n'avait pas envie d'expliquer les raisons de leur séparation, le malaise était encore trop présent pour qu'elle veuille s'étaler sur le sujet. Et, connaissant Gabrielle, elle savait qu'elle chercherait à découvrir les causes de leur rupture. Elle remit donc la chose à plus tard.

Sa mère lui tendit les deux lettres en affectant un air faussement offusqué. Rose reconnaissait bien là ses manières, elle agissait toujours ainsi quand elle était contrariée. Rose songea que, cette fois-ci, son attitude était un peu justifiée, puisqu'elle venait de lui dire de se mêler de ses affaires! La jeune Montembault observa un moment les deux enveloppes. Chacune portait le blason élaboré aux allures aristocratiques du collège concerné.

— Rose? Tu ne les ouvres pas? s'impatienta Gabrielle.

— Pourquoi? Nous savons déjà ce qu'il y est écrit. Je suis reçue dans deux des plus prestigieux collèges de Montréal parce que mes parents m'y ont inscrite…

Gabrielle fronça les sourcils et Rose perçut dans ses yeux les premières lueurs de la colère. Elle craignit d'être allée trop loin dans sa provocation.

— Ah! vous, les ados! éclata Gabrielle. On se démène pour vous, on n'agit que pour vous et le jour où l'on vous annonce des bonnes nouvelles, vous les prenez comme si c'était banal, ordinaire, comme si c'était normal. Vous êtes si gâtés que vous êtes incapables d'apprécier ce genre d'opportunité et ce que ça représente dans votre vie. Tu n'as pas entre les mains un abonnement à un magazine, non ! Ce que tu tiens là, ma chérie, ce sont les clés qui vont ouvrir les portes de ton avenir… Les jeunes d'aujourd'hui sont si blasés, ils se comportent comme si tout leur était dû ! Ça frôle l'ingratitude ! s'emporta-t-elle. Crois-tu que nous allons te laisser foutre ta vie en l'air parce que tu fais la fine bouche sur le choix du collège ? Tu es admise dans deux des meilleurs et je te conseille de prendre conscience de la chance que tu as. D'autres ne l'ont pas et changeraient volontiers de place avec toi…

— Ce n'est pas ça, maman…

— Alors, c'est quoi ?

Rose hésita. Le temps était-il venu d'expliquer à sa mère qu'elle n'irait dans aucun de ces collèges, aussi fantastiques fussent-ils et aussi difficile qu'il fût d'y être admis ?

— Et si je ne veux pas y aller, moi, dans ces écoles ? hasarda-t-elle.

Gabrielle la regarda, les yeux plissés, s'efforçant de percer les pensées de sa fille. Elle fit un geste de la main, comme pour chasser un insecte qui aurait eu l'audace de s'approcher de sa personne.

— Mais bien sûr que tu veux y aller, voyons, ma chérie, quelle idée ! répondit Gabrielle sur un ton qui ne tolérait aucune réplique. Crois-tu que tu puisses te permettre de décliner une telle offre ? D'ailleurs, qui de sensé refuserait une opportunité pareille ? Tu n'es pas assez inconsciente pour ça !

Rose ne répondit rien. Elle pouvait lire sur le visage de sa mère que celle-ci était fermée à toute discussion et qu'elle ne devait pas aller plus loin pour aujourd'hui. Gabrielle était tellement enchantée de ces deux admissions qu'il était inutile de tenter de lui faire valoir l'idée d'étudier en arts plastiques dans un cégep de hippies, situé quelque part au centre-ville. C'était perdu d'avance.

— Je ne sais pas, moi, je disais ça comme ça, mais si je souhaitais faire autre chose ? avança-t-elle tout de même, en entrebâillant une autre porte.

— Comme quoi, par exemple ?

— Ben, pfff ! Je ne sais pas, moi… Euh, tiens, pourquoi pas devenir artiste peintre…

— Artiste peintre ! s'écria Gabrielle. Mais, ma chérie, tu n'es pas sérieuse, là, artiste peintre ! Elle est bien bonne, celle-là.

Sa mère riait, mais Rose, elle, ne trouvait pas ça drôle.

— Voyons, Rose, ce n'est pas un métier. Nous en avons déjà discuté, il me semble, je pensais que tu avais compris. Tu sais ce que ton père et moi pensons de ce genre de lubie. Tu ne seras pas artiste peintre, puisque tu es faite pour les sciences… Plus tard, la chirurgie te conviendrait très bien.

Pendant un instant, elles se mesurèrent du regard, mais Rose abandonna la première en baissant les yeux. Gabrielle n'insista pas. Elle se dirigea vers la porte pour sortir de la pièce, mais avant de disparaître totalement, elle lança dans le dos de sa fille :

— Tu oublies immédiatement ces folies, tu m'as comprise ? Jamais je ne tolérerai ce genre d'utopie chez moi et jamais je ne te laisserai gâcher ta vie pour des caprices… d'adolescente. Une vie d'artiste est une vie de pauvreté et de misère. Jamais un de mes enfants ne mènera ce genre d'existence de mon vivant. Si tu ignores encore ce qui est bien pour toi, moi je le sais, et tu feras ce que je te dis. Que ça te plaise ou non. Tu verras, plus tard, tu me remercieras, conclut-elle en baissant la voix, puis elle se retira.

Rose fixait toujours les deux enveloppes. Elle ne put refouler ses larmes, dont l'une atterrit sur l'en-tête de l'un des prestigieux collèges. La jeune Montembault n'avait pas eu le courage d'affronter sa mère, elle n'avait pas trouvé les mots pour la convaincre ni même pour lui tenir tête. Elle s'en voulait. Elle se tourna vers les escaliers par où Gabrielle venait de partir, mais il était trop tard, l'instant était passé. Elle reporta son regard sur les deux lettres d'admission. Elle les déchira en plusieurs morceaux, puis les jeta avec hargne au sol. Sans rien dire à personne, elle quitta la maison.

Antonin arriva sur ces entrefaites, pensant trouver sa sœur. Mais il ne découvrit que les bouts de papier qui parsemaient le sol. Il se pencha pour en étudier quelques morceaux lorsque son regard s'arrêta sur le blason du Collège Brébeuf. Il leva les yeux vers les escaliers qui menaient à l'étage, comme s'il cherchait à comprendre ce qui s'était passé. Puis, intrigué, il ramassa le papier déchiré.

●●●

— Je ne peux pas croire qu'ils vont me forcer à fréquenter un de ces maudits collèges ! Je ne veux pas y aller, il n'en est pas question !

Zachary prit Rose dans ses bras pour la consoler et ils demeurèrent ainsi soudés de longues secondes, jusqu'au moment où Rose se dégagea lentement, soudain mal à l'aise.

— Je suis vraiment désolée… Je ne sais pas ce qui m'arrive. Ce n'est pas mon genre de me laisser aller comme ça… On se connaît à peine et voilà que j'éclate en sanglots devant toi et que je déverse mes problèmes à tes pieds. Tu dois me prendre pour une folle.

— Une folle ? s'étonna le jeune homme. Pourquoi te prendrais-je pour une folle ? Parce que tu traverses un passage difficile et que tu ne sais pas comment vont se dérouler les choses pour toi dans ton avenir ? Non, je ne vois pas ce qu'il y a de fou là-dedans. Au contraire, je suis franchement honoré que tu me fasses confiance comme ça, quand ce n'est que notre deuxième rencontre. Rose, tu vis un moment pénible, alors, je me permets de t'offrir mon épaule et mes bras pour pleurer, mon attention pour t'écouter et mon esprit pour te conseiller. C'est un immense privilège pour moi de t'avoir croisée et je suis là pour toi, quoi qu'il arrive. Tu peux compter sur moi.

La jeune Montembault le dévisageait, complètement fascinée par ses propos. Mais d'où pouvait-il sortir pour s'exprimer ainsi ? Son cœur battait la chamade, elle était totalement sous le charme du garçon. En plus d'être beau comme un dieu, il parlait comme s'il venait d'une autre époque. Pour toute réponse, elle s'approcha de lui et l'embrassa sans détour.

— Diantre, si j'avais su que je mériterais un tel baiser…

Rose sourit.

— Dis-moi, Zachary, je peux te poser une question ? (Celui-ci acquiesça.) D'où te vient cette façon de t'exprimer ? C'est… pas ordinaire !

Le jeune homme sourit à son tour. Cette question, il se l'était si souvent fait poser. Habituellement, elle le mettait de mauvaise humeur, car il sentait toujours qu'elle cachait une pointe de moquerie, mais pas là. Il savait que Rose la lui posait uniquement pour mieux le connaître. Elle ne cherchait pas à le dénigrer en soulignant cette particularité, en s'attardant sur ce qui le rendait différent.

— Mes parents sont comédiens et metteurs en scène. Présentement, ils jouent *Tendre est la nuit* de F. Scott Fitzgerald, sur Broadway. Ils font partie d'une troupe itinérante, ça veut dire qu'ils se produisent dans différentes villes, en se déplaçant continuellement. Depuis que je suis tout petit, je les accompagne dans des tournées aux États-Unis, ici et en Europe. J'ai appris à lire avec Shakespeare, Hemingway, Miller, Marivaux et Molière. Pas étonnant que leurs mots aient influencé ma façon de parler et même ma conception de la vie ! Mais bon, je fais de gros efforts pour avoir un langage, disons, plus « normal ». Je vois bien dans le regard des autres que je détonne un peu. Mais si tu m'avais connu il y a trois ans, tu aurais eu l'impression dès que j'ouvrais la bouche que je jouais *Macbeth* ou encore *Le malade imaginaire* ! dit-il en éclatant de rire, découvrant ainsi une rangée de dents parfaitement alignée et un sourire irrésistible, genre jeune premier de cinéma.

Rose le dévorait littéralement des yeux.

— J'ai fait mon secondaire dans une kyrielle d'écoles, reprit-il. Il m'est arrivé d'en fréquenter trois différentes dans la même année. Pas facile de se faire des amis avec ce genre de vie. Aujourd'hui, ça ne me manque pas, mais j'en ai longtemps souffert, surtout lorsque j'essayais de parler et que je m'exprimais en dodécasyllabes. (Rose haussa son sourcil droit, mais Zachary lui fit un geste de la main pour lui signifier que ça n'avait pas d'importance, de laisser tomber…) Tu ne veux pas le savoir, crois-moi. En tout cas, ce n'est pas très *winner* dans une cour d'école. Mais bon, je n'en suis pas mort, et aujourd'hui, je suis heureux de voir le parcours que j'ai eu. Je parle quatre langues, je connais sur le bout des doigts mes classiques et, malgré mes difficultés, je suis tout de même parvenu à me faire quelques amis un peu partout dans le monde.

Zachary souriait, mais Rose décela dans ses yeux une certaine tristesse. Vivre son adolescence sans amis, à déménager sans arrêt tout en s'exprimant d'une drôle de façon n'avait pas dû être une expérience facile tous les jours, c'était évident. Les adolescents peuvent être si durs entre eux.

— Jusqu'à l'année dernière, c'était ma vie, continua-t-il. Mais depuis un an, je vis chez le frère de mon père, à qui je donne un coup de main au garage, parce que j'ai décidé de poursuivre mes études universitaires et que le programme offert à McGill correspondait à ce que je souhaite faire. J'avais également envie de voir ce que ça faisait de rester un bout de temps au même endroit et je dois dire que c'est très agréable... surtout ces derniers temps, conclut-il en l'embrassant doucement.

— Wow! Wow, se contenta de répéter Rose, comme si elle ne connaissait que cette expression. Je suis franchement épatée! Tu parles quatre langues?

— L'italien, le français, l'anglais et l'espagnol.

— Et tu fais des études dans quel domaine?

— En sciences politiques.

— Ah oui? Mes parents vont t'aimer!

Zachary sourit, mais son regard n'avait rien de joyeux.

— Tu sais, je ne cherche pas particulièrement à plaire à tes parents, Pink.

— Oh, je suis désolée, c'est sorti tout seul. Je ne veux pas... je ne cherche pas... je...

— Avant de penser à satisfaire tes parents, c'est d'abord à toi que je veux plaire, tu comprends? Qu'ils m'aiment ou non n'aura aucune incidence sur les sentiments que j'éprouve pour toi, à moins que cela en ait sur ce que tu ressens pour moi?

— Oui... euh, non, je veux dire... Bien sûr! Je suis...

— Arrête de t'excuser, veux-tu ? souffla Zachary en se rapprochant d'elle.

— Oui, oui, je m'excuse… Euh, je regrette, je ne voulais pas…

— Tu sais que, lorsque l'on passe son temps à s'excuser, on se place en position de victime par rapport aux autres. Pink, tu n'es pas une victime, tu es une femme forte qui sait ce qu'elle veut faire dans la vie.

Rose se contenta de sourire et Zachary en profita pour poser ses lèvres sur les siennes. Pendant de très longues secondes, le langage qu'ils utilisèrent se passa de mots : jamais ils n'auraient été capables d'exprimer avec autant de précision les sentiments qu'ils étaient en train de partager.

Lorsque Zachary s'écarta de Rose, il put lire dans ses yeux les émotions uniques qu'elle éprouvait. Nos amoureux auraient aimé que cet instant ne s'arrête jamais. Que le temps fige pour toujours ce qu'ils ressentaient au fond de leurs tripes et dans tout leur être.

La sonnerie du portable de Zachary retentit. Le jeune homme étira le bras pour le prendre. Il l'ouvrit pour regarder son afficheur.

— Excuse-moi, s'il te plaît, je dois le prendre, c'est mon père.

— Oui, bien sûr, je t'en prie…

— *Ciao, papa ! Come va ? e mamma ? Bené, molto bené… benissimo. Cosa avviene ? Bené… si, si, una bella demoiselle… per cosa ? Rose. Si, si, Rose, come il fiore…* confirma le jeune en décochant un clin d'œil à sa compagne. *Si, bené, gli dico, papa… si, ciao !*

Zachary referma son cellulaire puis embrassa de nouveau Rose.

— Wow, tu t'adresses en italien à tes parents, c'est vraiment très classe ! s'exclama celle-ci. Je suis impressionnée.

— Classe ? Je l'ignore. En tout cas, ce n'est pas le but recherché. Mon père est d'origine italienne et, à la maison, l'italien et le français sont les deux langues que nous employons.

— Ta mère est de quelle origine ?

— Québécoise, elle est née dans Lanaudière.

Rose réfléchissait à ce que Zachary venait de lui apprendre sur lui et sa famille.

— Je trouve ça vraiment génial, la relation que tu sembles avoir avec eux ! Votre vie est fascinante et tellement… artistique ! C'est complètement à l'opposé de ce que je vis. Je t'envie, tu sais…

Rose ravala les larmes qu'elle sentait poindre, tandis que Zachary la serrait un peu plus dans ses bras.

— Ça peut te sembler banal, ce que je vais te dire, mais bientôt, tu pourras vivre ta vie comme tu l'entends, lui déclara-t-il. Pendant très longtemps, j'ai prié pour que mes parents aient un métier conventionnel, pour que nous ayons une vie normale, tu sais, aller à l'école, tondre la pelouse le samedi et étendre le linge dehors… Ce que vivaient tous les jeunes de mon âge, quoi. Combien de fois j'ai pleuré parce que mes parents me demandaient de faire mes bagages, car nous déménagions de nouveau, nous partions pour l'Espagne ou New York, alors que je rêvais d'une banlieue tranquille et d'une vraie maison, ce que tu vivais, en fait! Ce n'est que lorsque j'ai eu dix-huit ans et que j'ai décidé d'aller à l'université que j'ai ancré mes pieds dans une réalité qui m'était alors inconnue. Ce jour-là, j'ai pris ma vie en main et j'ai décidé des événements moi-même. Et pour toi, ce sera la même chose. Dans un peu plus d'un an, tu seras majeure, ta vie t'appartiendra!

Rose hochait doucement la tête, sensible à ce que lui racontait son petit ami, mais consciente, au fond d'elle, que les choses ne seraient pas aussi simples chez les Montembault. Les parents de Zachary, malgré leur vie de nomades, semblaient respecter les décisions de leur fils quant à son avenir. Chez elle, par contre, elle n'avait pas cette liberté de choix et elle avait parfois l'impression qu'elle ne l'aurait jamais. Elle décida de changer de sujet.

— Tes parents vont bien? dit-elle en désignant du menton le cellulaire qu'il venait de redéposer sur la petite table, à côté d'eux. Ils t'appelaient des États-Unis?

— Non, non... en réalité, ils s'en viennent, ils sont en route pour venir me voir et ils ont très hâte de te rencontrer. Tu es leur invitée pour ce soir!

Rose ouvrait de grands yeux ahuris.

— Quoi? Tes parents... maintenant? Souper? Mais...

— T'arrive-t-il de faire des phrases complètes des fois? lui lança-t-il dans un éclat de rire.

— Tes parents savent qui je suis?

— Je leur ai parlé de toi dès notre première rencontre!

Rose restait stupéfaite, elle n'en revenait pas que Zachary ait fait mention de son existence. Cela signifiait certainement qu'il tenait un peu à elle. Et comme si le jeune homme lisait dans ses pensées, il ajouta:

— Parce que dès que je t'ai vue, dès que nos yeux se sont croisés, j'ai su que j'étais en train de tomber amoureux de toi.

— Je ne sais pas quoi dire...

— Ne dis rien, alors... Moi, par contre, j'ai envie de te dire que je t'aime.

Zachary prit le visage de Rose entre ses mains pour l'attirer vers lui, puis il traduisit par un langoureux baiser la déclaration qu'il venait de lui faire. Lorsqu'il se dégagea doucement d'elle, Rose gardait les yeux fermés, comme si elle savourait encore l'instant.

— Tu savais que tu étais en train de tomber amoureux, dis-tu, mais comment?

— Je pense qu'on appelle ça le « coup de foudre », précisa-t-il, un brin moqueur.

— Mais alors...

Rose ne termina pas sa phrase. Zachary ne lui avait pas expliqué pourquoi il avait mis tant de temps à l'appeler après leur rencontre, plus d'une semaine tout de même. Elle n'avait pas cherché à le savoir, pensant que leurs liens étaient trop fragiles pour qu'elle se permette de l'interroger. Ils s'étaient connus à peine deux heures, il ne lui devait rien, avait-elle conclu.

— Mais quoi ? N'hésite pas, tu peux tout me demander, tant et aussi longtemps que cela sera fait dans le respect.

Rose nota la phrase, qu'elle trouvait fort bien formulée et si porteuse de sens.

— Je me demandais pourquoi tu avais pris autant de temps avant de m'appeler après notre rencontre…

— Et moi, j'étais curieux de voir si tu allais un jour me poser la question ! Tout simplement parce que j'étais absent. Mon oncle m'avait demandé de lui rendre un service en allant aux États-Unis pour y chercher une voiture de collection qu'il venait d'acheter. Il ne pouvait s'y rendre lui-même pour des raisons personnelles. Je suis donc parti en train et je suis revenu en voiture. Je ne t'ai pas appelée parce que, premièrement, mon cellulaire était mort, il l'était déjà quand on s'est rencontrés, et deuxièmement, parce que je n'avais ni ton numéro de téléphone sur moi, ni ton nom de famille. Je ne pouvais donc pas faire de recherches pour le trouver. Voilà, c'est aussi simple que ça. J'ai découvert ton nom en fouillant dans les papiers de mon oncle, dès mon retour…

Rose était sous le charme et de plus en plus amoureuse de ce garçon qui entrait dans sa vie et qui correspondait tellement à ce qu'elle avait toujours recherché.

Si ses parents souhaitaient la rencontrer, elle devait de son côté aussi voir à présenter Zachary aux siens.

CHAPITRE 7

— **P**apa, maman, il faut que je vous parle. J'ai des choses à vous dire et je veux que vous m'écoutiez jusqu'au bout, d'accord ? (Gabrielle et Jean-Michel acquiescèrent tous les deux d'un hochement de tête.) Bon, très bien. Alors, vous devez savoir pour commencer que je ne suis plus avec Maxime…

Jean-Michel croisa ses longues jambes sans mot dire, mais Gabrielle, malgré la promesse qu'elle venait de faire à sa fille, ne put s'empêcher de s'écrier :

— Oh, Rose, ma chérie ! J'espère que cette séparation n'est pas trop difficile pour toi, mais je crois très sincèrement que c'est beaucoup mieux ainsi. Tu verras, avec le temps, que ce garçon ne t'apportait rien de bon. C'est une sage décision…

Immobile, Rose ne releva pas le commentaire de sa mère. Elle n'avait surtout pas envie de se lancer dans une dispute sur le sujet. Elle savait exactement ce que Gabrielle pensait de Maxime. Mais Mme Montembault ne s'arrêta pas là.

— Je t'avais prévenue que ce garçon n'avait aucune ambition et que son manque d'énergie entraînerait chez toi, à la longue, un désintéressement. (Rose leva les yeux au ciel.) Tu seras mieux sans lui. La fin des cours arrive, tu vas profiter de ton été et pouvoir te préparer à ta rentrée scolaire sans soucis amoureux en tête… Je suis fière de toi, ma fille !

— Maman, arrête, s'il te plaît. Je t'ai demandé de me laisser parler jusqu'au bout. Tu n'as pas à me faire part de tes opinions sur Maxime, je les connais déjà, tu me les as assez souvent répétées comme ça.

— Oh, pardon, je pensais que tu avais terminé.

Rose commençait à perdre patience. Elle prit une profonde inspiration et reprit :

— Je ne suis plus avec Maxime parce que je l'ai laissé, et je l'ai laissé parce que je viens de rencontrer un autre garçon qui s'appelle Zachary. Zachary Ferrini. Et je l'aime.

Gabrielle tourna la tête vers son mari, comme pour voir la réaction qu'il avait. Elle était sans voix. Elle se redressa pour se donner une contenance, demeura silencieuse encore un instant puis lâcha enfin :

— Jean-Michel...

Le père de Rose secouait lentement la tête, comme si, de son côté, il analysait les dernières paroles de sa fille.

— Dis-moi, ma chérie, tu le connais depuis longtemps, ce Zachary ?

— Ça va faire deux semaines bientôt...

— Deux semaines ! s'écria Gabrielle en levant les bras en signe de découragement.

— Deux semaines que vous êtes ensemble, mais tu le connaissais avant ? poursuivit Jean-Michel, en espérant apprendre que ce garçon allait à la même école qu'elle et qu'ils se côtoyaient depuis toujours.

— Non. Ça fait deux semaines que nous nous connaissons, mais nous sortons ensemble depuis seulement cinq jours.

— Mais enfin, Rose, seulement deux semaines que tu le connais et cinq jours que vous êtes ensemble, et tu dis l'aimer ? Ne crois-tu pas qu'il est un peu tôt pour affirmer ça ? souffla Gabrielle avec nervosité. Sa voix avait grimpé d'un cran.

— Non. C'est un coup de foudre.

— Un coup de foudre ! Mais enfin, tu es si jeune...

— Maman, voyons... Y a-t-il un âge légal pour tomber amoureux ?

— Je ne dis pas ça, mais enfin... Il me semble que... Bon, bon, admettons, lança Gabrielle, en jetant un regard à son mari, comme si elle sollicitait son aide. Parle-nous de lui, alors, qui est-il ?

— Je n'ai pas à vous fournir son *curriculum vitæ*, cette histoire est la mienne...

— Écoute, ma chérie, émit son père, tu sais que c'est important pour nous de savoir qui fréquente nos enfants. C'est ainsi que nous fonctionnons, et cela, depuis toujours. Nous ne cherchons pas à nous immiscer dans votre vie, nous voulons simplement ce qu'il y a de mieux pour vous. Pour toi comme pour ton frère. Peut-être nous trouves-tu maladroits ou trop curieux, mais ce n'est pas intentionnel. Tu ne peux pas nous en vouloir de nous intéresser aux gens qui sont dans votre vie.

— Non, bien sûr...

— Alors, tu peux répondre à quelques-unes de nos questions, non ?

— Je pense que oui.

— Bon, nous nous comprenons. Quel âge a-t-il, ce Zachary ? demanda Jean-Michel sur un ton qui se voulait détaché.

Rose, pourtant, ne s'y trompait pas. Elle le connaissait assez pour deviner que la situation ne lui plaisait pas. Elle se mordit les lèvres puis lança :

— Il va avoir dix-neuf ans...

— Dix-neuf ans ? tempêta Gabrielle, ne pouvant plus se retenir. Mais as-tu perdu la tête, ma fille ?

— Maman, je vais avoir dix-sept ans dans quelques mois...

— Oui, dans quelques mois, pour le moment tu n'en as que seize ! C'est du détournement de mineure ! Il...

— Gabrielle, s'il te plaît, intervint Jean-Michel en posant la main sur l'épaule de sa femme, qui semblait de plus en plus exaspérée. Nous verrons ça plus tard, d'accord ? Je voudrais savoir, Rose, ce qu'envisage comme avenir ce jeune homme, ce qu'il fait de ses jours. Il est aux études, je suppose ?

Voilà, la question était posée. Rose l'attendait depuis un moment déjà, convaincue qu'elle allait venir. En réalité, son père se moquait totalement de l'âge de Zachary et de qui il était réellement. Ce qui l'intéressait, c'était ce que ferait son amoureux dans la vie. Allait-il convenablement la gagner ? Rose décida de se jouer d'eux. Elle aurait très bien pu leur dire qu'il entrait à l'université McGill en sciences politiques, elle savait que la chose leur plairait et que son amoureux serait soudainement accueilli à bras ouverts. La situation serait alors plus simple, mais elle décida de se taire.

— Pour le moment, il travaille au garage de son oncle. C'est d'ailleurs lui qui est venu chercher ma voiture lorsque j'étais en panne. C'est là que je l'ai rencontré.

— Grand Dieu ! laissa tomber sa mère en posant à son tour la main sur le bras de son mari.

Rose s'emporta en voyant la réaction de sa mère.

— Je pense que tu exagères un peu, là ! Je ne viens pas d'annoncer qu'il a un casier judiciaire et qu'il est en prison, ni même qu'il se drogue, non ! J'ai simplement dit qu'il travaille au garage de son oncle. Vous savez, l'endroit où vous allez porter vos belles voitures de luxe pour qu'ils en prennent soin… Ils sont drôlement pratiques, les garagistes, quand vous en avez besoin ! Si demain votre auto ne démarre pas, qui allez-vous appeler, hein ?

— Rose, ne sois pas impertinente, tu n'arriveras à rien comme ça, lança son père tout en essayant de garder son calme.

— Alors, cessez de dire des absurdités! Vous êtes pathétiques, avec vos préjugés et votre prétention, comme si le fait d'avoir un bon job était automatiquement synonyme d'honnêteté et de droiture! C'est de la foutaise et vous le savez!

— Ça suffit, jeune fille! cria Jean-Michel, ne pouvant plus se retenir.

Rose s'approcha de ses parents pour leur envoyer sa dernière réplique:

— Je suis amoureuse de lui et je ne vous laisserai pas vous mettre entre nous… C'est ma vie, pas la vôtre!

Sans un mot de plus, elle tourna les talons et gravit les marches deux à deux pour disparaître dans sa chambre, abandonnant là ses parents, pantois.

—•—

— Imagine un peu quand je leur apprendrai que je ne vais pas à Brébeuf ni à André-Grasset, mais au cégep du Vieux! Je pense que ma mère va faire une crise d'apoplexie…

— Tu n'es pas un peu dure avec eux ? demanda Katrine, qui s'acharnait sur l'emballage de son deuxième méga biscuit double pépites de chocolat.

— Dure ? Non, mais attends, c'est de mes parents que tu parles. Tu sais, ceux qui veulent que je fasse carrière en chirurgie, et ce, peu importent mes souhaits à moi ! Les mêmes aussi qui ne parlent que d'argent et de réussite. Ceux qui jugent les gens en fonction de leur statut social… Et tu prends leur défense, sérieusement ?

— Nan, c'est pas ça, mais j'essaie tout simplement de me faire l'avocat du diable ! Faut bien quelqu'un pour tenter de faire balancer les divergences d'un côté comme de l'autre ! Tu t'emportes toujours contre eux, mais mis à part ce côté fatigant, ils sont plutôt cool, je trouve. Ils te laissent bien plus de liberté que les miens…

— Je ne suis pas certaine que ce soit nécessaire de les défendre, déclara Rose, en prenant le biscuit toujours emballé des mains de sa meilleure amie pour en déchirer le rebord avec ses dents et le lui rendre. Et puis, je n'ai pas tant de liberté que ça, ils sont toujours sur mon dos.

— Merci. Bon, OK ! Tes parents sont des monstres, ça te va ? la railla son amie.

Rose lui décocha une grimace.

— Si tu veux mon avis, reprit Katrine, tu devrais attendre encore avant de leur dire pour le cégep, parce que je pense que là, ça ne passera pas et tu risques de te retrouver dans un couvent quelque part en Roumanie, jusqu'à tes quarante ans…

Rose éclata d'un rire franc. L'absurdité de la phrase venait rompre le sérieux de leur échange.

— Un couvent en Roumanie, hein? T'es complètement folle…

— Ouais, je sais. N'empêche, ça t'a fait rire. C'était le but, parce que si tu voyais ta tête… pfff!

Rose lui lança un regard féroce puis lui sourit de nouveau.

— Donc, suis mon conseil et attends, continua sa meilleure amie, en grignotant des petits morceaux de son énorme biscuit. Laisse-leur le temps de digérer le fait que tu sors avec un gars que tu viens tout juste de rencontrer… D'ailleurs, à ce propos, je le vois quand, moi, ce super mec qui parle quinze langues et qui s'exprime comme un gentleman, en plus d'être méga formidable et beau comme un dieu?

Rose regarda son amie, le cœur léger. Katrine avait le don de la faire rire, et surtout, de dédramatiser les pires situations. C'était une grande âme : Rose savait qu'elle pourrait toujours compter sur elle, et c'était réciproque.

— Il vient me chercher à seize heures, répondit-elle. On a prévu d'aller chez Archambault acheter des films et quelques CD. Tu n'as qu'à nous accompagner, Antonin doit venir aussi.

Rose se doutait qu'en mentionnant la présence de son frère, Katrine serait portée à accepter. Elle attendait depuis si longtemps que le jumeau de sa meilleure amie la remarque. Malheureusement, Antonin n'avait d'yeux que pour la belle Daphnée, sa cousine, et ça, Rose le savait. Mais, elle espérait qu'à un moment donné il s'intéresse enfin à son amie. Katrine et Antonin iraient si bien ensemble.

— Je préfère qu'il y soit, parce que jouer les chaperons, ce n'est pas mon truc, conclut la jeune femme en terminant son biscuit.

•─•─•

Rose et Zachary sortaient ensemble depuis maintenant trois semaines et leur histoire devenait plus belle chaque jour. La jeune Montembault s'épanouissait et découvrait, aux côtés du jeune homme, un monde dont elle ignorait tout. Malgré son jeune âge, Zachary possédait une culture assez impressionnante. Il connaissait les classiques, lui citait des auteurs dont Rose n'avait même jamais entendu le nom. Il lui parlait d'art et de livres, et elle réalisa que le fait que Zachary ait vécu dans plusieurs pays l'avait pourvu d'une large érudition, sans compter que ses parents étaient artistes. Il baignait dans les arts depuis son enfance. Deux fois, il l'avait emmenée voir des expositions, l'une sur un peintre français du XIXᵉ siècle, Ingres, et l'autre sur les trésors d'un peuple aujourd'hui disparu. La passion qu'il mettait à lui faire part de ses connaissances animait la curiosité de l'adolescente et alimentait son désir d'en apprendre encore plus. Elle savait que son intérêt était décuplé par la présence du jeune homme, car si ce genre de sortie lui avait été proposé par ses parents ou encore imposé par l'école, elle n'y aurait certainement pas pris autant de plaisir.

Mais avec Zachary comme guide, tout devenait intéressant. Et toutes ces découvertes lui confirmaient toujours plus son choix de devenir artiste peintre. Elle s'initiait à d'autres genres et techniques et elle s'en rassasiait comme une assoiffée dans le désert. Admirer des toiles de grands maîtres la troublait et plusieurs fois elle se surprit à verser des larmes devant certaines œuvres. Ainsi, elle resta presque une heure entière à regarder la toile de la *Princesse de Broglie,* d'Ingres, incapable de parler, totalement éblouie par la beauté de l'œuvre. La main du peintre avait su reproduire à la perfection le satin de la robe, son froissé, la délicatesse de la dentelle, le lustre des cheveux et l'éclat des perles. Tous ces détails étaient si palpables que la toile n'en était pas une, elle donnait plutôt à penser qu'il s'agissait d'une photographie tant l'âme de la matière y était parfaitement rendue. Du même peintre, elle avait longuement observé *Monsieur Bertin,* admirant dans ce tableau le réalisme renversant du visage du sujet. L'expression et le sérieux de celui-ci troublaient la jeune femme. Ils avaient passé la journée entière à cette exposition, Rose demeurant et détaillant chaque toile avec une fascination renouvelée. Elle en était sortie totalement bouleversée et transportée d'une énergie créatrice. Elle avait la conviction profonde que ce moyen d'expression était aussi le sien. Elle n'était pas faite pour les sciences et elle pensait que, si ses parents avaient vu et ressenti ce qu'elle éprouvait devant de tels tableaux, ils auraient compris à leur tour ce qui la rendait réellement heureuse. Car c'était bien le seul facteur déterminant pour tout choix dans une vie, le bonheur qu'il procurait à la personne qui le faisait.

Les parents de Zachary étaient restés deux semaines à Montréal et ils s'apprêtaient à repartir à New York. Rose avait passé presque toutes ses soirées en leur compagnie et chaque soir avait été un pur délice. Les échanges d'idées et les conversations qui avaient lieu autour de la table pendant les repas lui révélaient une autre façon de vivre. Bien entendu, chez elle, les repas étaient animés et les discussions intéressantes, mais quelque chose de différent marquait ceux qu'elle prenait en leur compagnie. Ce qui ressortait le plus, à ses yeux, c'était à quel point les parents de son amoureux étaient respectueux des choix de leur fils et de ceux des autres. Ils ne semblaient porter aucun jugement trop hâtif et n'avaient pas non plus d'idées préconçues sur certains sujets, comme l'argent et le bonheur. Rose les appréciait énormément pour cela. Elle découvrait en leur compagnie une ambiance qu'elle aurait souhaité retrouver chez elle.

Rose soupait donc presque tous les soirs avec les Ferrini. Depuis sa « discussion » avec ses propres parents, elle n'avait pas eu l'occasion de leur reparler de sa relation avec Zachary et c'était, pensait-elle, mieux ainsi. Elle ne cherchait pas leur compagnie et s'arrangeait pour être à l'extérieur de la maison lorsqu'ils arrivaient. Les Montembault-Fortin savaient, bien évidemment, que leur fille passait ses soirées avec son amoureux et les parents de ce dernier. Par l'entremise d'Antonin, Rose leur transmettait indirectement des messages. Et son frère s'amusait de ce petit jeu, et se disait que l'attitude de sa sœur rendrait peut-être leurs parents plus cool ! Il y plaçait de grands espoirs puisque lui aussi souhaitait qu'ils lâchent prise un peu sur sa propre vie. Antonin avait également été accepté à Brébeuf et, contrairement à sa sœur, il en était très heureux, car il envisageait sérieusement de se diriger en ingénierie, même si ses parents entrevoyaient plutôt le droit pour lui. Si Rose parvenait à les faire plier, il en bénéficierait tout autant. Côté cœur, Antonin ressentait toujours autant d'attirance pour la magnifique Daphnée, bien qu'il sût qu'il n'y avait là aucun espoir possible. Il sortait donc avec d'autres filles, avec la certitude que bientôt il en rencontrerait une qui saurait lui faire oublier les yeux bleus et profonds de sa belle cousine.

Rose rejoignait son frère en cachette tous les soirs, comme ils le faisaient lorsqu'ils étaient enfants, et ils se racontaient leur vie. Antonin parlait de sa dernière conquête et Rose de sa relation avec Zachary, et elle en profitait pour lui glisser subtilement quelques mots en faveur de Katrine.

Le jumeau apprenait ainsi à connaître le jeune homme grâce à ce que lui en disait sa sœur, car il n'avait pas eu l'occasion de le rencontrer très souvent.

Officiellement, Zachary n'avait pas encore été invité par leurs parents. Les fois où Antonin l'avait croisé, c'était à la sortie des cours, dans un café par-ci par-là, mais jamais de façon bien concrète.

Et c'était là une autre chose que la jeune femme reprochait à ses parents : leur manque d'égards envers Zachary, qu'ils semblaient refuser de recevoir chez eux en bonne et due forme. La jeune Montembault en était insultée et elle rongeait son frein lorsque sa mère lui demandait si elle comptait manger avec eux. Rose avait alors envie de lui dire que si elle conviait Zachary à se joindre à eux, peut-être accepterait-elle d'être présente ! Le snobisme dont ils faisaient preuve par rapport au garçon était lamentable et la mettait en furie. Et chaque fois qu'elle y pensait, cette situation la plongeait dans une humeur affreuse.

La jeune femme avait l'impression qu'une petite guerre avait éclaté entre elle, sa mère et son père, et elle attendait le moment propice pour larguer sa dernière bombe. Son arme secrète ! Elle avait si souvent été près de leur annoncer comme ça, à brûle-pourpoint, qu'elle n'irait pas dans un de leurs collèges de snobs et qu'elle souhaitait être artiste. Mais elle se retenait chaque fois.

Le temps passait trop vite à son goût. Les cours allaient bientôt se terminer, il ne restait que quelques semaines avant la fin de son secondaire, et déjà, elle recevait quantité d'informations quant à sa session d'automne : matériel à se procurer, visite des locaux, rencontres étudiantes, etc.

Pour éviter les questions trop pressantes de Gabrielle sur les choix de cours, ainsi que pour masquer son manque évident d'enthousiasme face à ce qui l'attendait, Rose préférait demeurer dans sa chambre lorsqu'elle se trouvait à la maison. Quand elle n'avait pas le choix d'être en présence de ses parents, elle prétendait que son esprit était obnubilé par le bal des finissants, par la robe qu'il fallait trouver et par les examens de fin d'année qui arrivaient à grands pas. Gabrielle n'était pas dupe, bien sûr, mais elle ignorait les raisons réelles qui se cachaient derrière ces quelques mensonges. Un matin où elle avait pris congé, elle vint trouver Rose dans sa chambre et lui proposa d'aller faire les boutiques, afin de mettre la main sur la robe parfaite pour cette soirée exceptionnelle qui terminerait en beauté ses études au secondaire. Rose songea refuser, mais après réflexion, elle se dit que ce moment serait peut-être l'occasion pour elle d'amadouer Gabrielle sur certains sujets de sa vie, dont son cher Zachary.

❧

CHAPITRE 8

— Quoi ? Tu veux que je te donne ma robe ? Celle que j'ai mise pour mes fiançailles ? Mais que veux-tu faire de cette vieillerie ?

— Écoute, mamie, j'ai fait toutes les boutiques de la ville et j'ai essayé un million de modèles et aucun ne me plaisait. Même maman a laissé tomber, non sans me reprocher d'être capricieuse. Elle voulait que j'achète une robe du genre première communion avec des foufrous… Une horreur, je ne te raconte pas ! lança la jeune femme en levant les yeux au ciel, ce qui faisait rire Bérengère. Donc, si tu acceptes et, avec ta permission, bien sûr, je modifierais ta robe de fiançailles, juste un peu, précisa Rose, et je la porterais pour mon bal des finissants. J'ai toujours trouvé cette robe magnifique et, avec quelques ajustements, je serais excessivement fière de la porter.

La grand-mère de Rose, étonnée par la demande de sa petite-fille, ouvrait de grands yeux. Pourtant, sa requête ne la surprenait qu'à moitié, car Rose était une jeune femme unique. Elle avait un style bien à elle et ne portait que du noir, parfois des teintes de violet et de rouge, mais jamais d'autres couleurs. Elle était heureuse ainsi et sa grand-mère considérait que c'était son choix. Elle admirait son audace, car depuis toujours, sa petite-fille assumait pleinement ses préférences, aussi différentes fussent-elles des modes adoptées par les jeunes de son âge. Elle estimait même que la jeune fille était plutôt douée pour modifier les vêtements qu'elle achetait et en faire de belles créations. Ce n'était jamais trop, juste beau et très original. Bérengère songeait en fait que Rose pourrait devenir dessinatrice de mode, qu'elle en avait le talent et la personnalité.

— Bon, très bien, si ça peut te rendre heureuse, je te la donne. Tu en feras ce que tu veux. Je préfère savoir qu'elle sera portée encore une fois, et par toi, que de découvrir un beau jour qu'elle s'est fait dévorer par les mites. C'est vrai qu'elle devrait t'aller. À l'époque, je n'étais guère plus grosse que toi, avoua la femme avec un brin de nostalgie dans la voix. Et puis, la couleur est dans ta palette. Je me souviens très bien du nom de cette teinte : bleu de minuit.

— Bleu de minuit, wow! C'est romantique!

— C'est un bleu très foncé, riche, somptueux. Si je me souviens bien, le bas est perlé. C'est fort joli. Et avec la couleur de tes cheveux et de tes yeux, tu seras tout simplement magnifique! Viens, suis-moi, et allons retrouver cette merveille qui dort quelque part dans une boîte, dans la garde-robe de la chambre d'amis. Je suppose que si je l'ai gardée aussi longtemps, c'est qu'elle t'était destinée.

Bérengère farfouilla un temps, sortant des boîtes et des boîtes de cette garde-robe qui semblait sans fond. Elle en extirpa trois manteaux de fourrure et deux étoles précieusement emballés dans des housses opaques afin de les préserver de la poussière et de la lumière.

— Tu ne veux pas de ce vieux vison? Il t'irait très bien. Les autres font plus vieux, plus madame, mais le vison est une fourrure sublime, une des plus belles, expliqua Bérengère en passant la main sur le poil lustré. En plus, il se porte à tout âge et ne se démode jamais. Bon, je te l'accorde, la coupe n'est plus au goût du jour, mais avec ton talent créateur, tu pourrais lui redonner un second souffle. J'ai vu l'autre jour à la télévision une jeune designer québécoise qui offrait une nouvelle vie à de vieilles fourrures. Je trouve le concept absolument génial ! Mais vous êtes si formidables, les jeunes, vous avez des idées extraordinaires. Comme j'aimerais encore avoir ton âge…

Ces derniers mots, Rose les entendit à peine parce que sa grand-mère était carrément entrée dans le placard. Quelques secondes s'écoulèrent avant qu'elle la voie en surgir, une boîte rectangulaire d'un rose fané entre les mains, enrubannée de satin de couleur crème, tout aussi défraîchi. Le sourire aux lèvres, Bérengère lui tendit la boîte comme un trésor.

— Voilà, je crois que c'est ça.

Rose défit la boucle et souleva le couvercle. Elle écarta délicatement les feuilles de papier de soie qui protégeaient son contenu, puis découvrit la robe pliée avec soin. Elle la sortit de sa boîte et d'un léger mouvement, la laissa se déployer. Le tissu, malgré son âge, rebondit avec souplesse, prouvant la qualité de ses fibres. Rose contempla la robe avec intérêt. Elle l'avait maintes fois vue en photo. D'ailleurs, une grande photographie des fiançailles de sa grand-mère occupait une place de choix dans la galerie des portraits et Rose avait souvent examiné avec intérêt ladite robe lorsqu'elle attendait son tour pour la salle de bains. Le modèle était exceptionnel. Le bustier baleiné, fait de taffetas de couleur ivoire, était bordé de dentelle bleu de minuit, laquelle recouvrait entièrement la poitrine jusqu'à la taille. Le bas de la robe se composait de sept jupons superposés de tulle du même bleu foncé. La robe se terminait par un large ourlet de dentelle, parsemé de perles ivoire. Un modèle unique fait sur mesure pour Bérengère par un ami couturier qui allait connaître par la suite un succès mondial. Cette robe de soirée était une vraie splendeur.

Rose la détaillait avec les yeux d'un enfant qui découvre ses cadeaux sous le sapin le matin de Noël. Bérengère, elle, observait sa petite-fille et ne pouvait s'empêcher de sourire. Le fait que sa rose reprenne cette robe et lui redonne vie en souhaitant la porter lui emplissait le cœur de bonheur. Elle n'avait jamais imaginé qu'un moment pareil se produirait et que la robe de ses fiançailles pourrait un jour servir de nouveau. L'idée lui plaisait beaucoup.

— C'est une robe créée par Christian Dior ? Une vraie ? s'écria la jeune femme en voyant l'étiquette brodée à la main, cousue à l'intérieur du corset.

— Hé! hé! Que crois-tu? Bien sûr que c'est une vraie! À mon époque, on ne faisait pas de copies! Nous n'étions pas des faussaires... Cette création est unique, elle a été faite sur mesure pour moi. Évidemment, le milieu de la haute couture n'était alors pas ce qu'il est devenu aujourd'hui, et la marque Christian Dior ne jouissait pas encore de la renommée mondiale qu'elle connaît de nos jours. Mais sa maison de couture était déjà très réputée en France et ailleurs en Europe. Je le connaissais personnellement, M. Dior, car nous avions des amis communs... Oh là là! Les folles nuits que nous avons passées à fêter et à danser! lança la grand-mère de Rose en se remémorant avec excitation ces instants d'un passé lointain.

— Wow, je suis impressionnée! Je ne savais pas...

— Quoi? Que j'ai été jeune? Eh oui, comme tout le monde. Vous, les jeunes, oubliez souvent qu'avant d'être grands-parents, nous avons été parents et qu'avant ça, nous avons, nous aussi, eu seize ans. J'ai fait mes études à Paris, ça, tu le savais déjà, et avant de me marier, eh bien... j'ai eu une vie! conclut Bérengère, en gloussant comme une jeune fille. Allez, essaie-la, qu'attends-tu?

suggéra la grand-mère, encore tout sourire, le regard pétillant à l'évocation de ses souvenirs.

Sans hésiter, Rose se déshabilla et enfila la robe avec l'aide de son aïeule. Elle lui allait comme un gant.

— Je t'avais bien dit que j'étais aussi mince que toi quand j'étais jeune. Mais tu es plus grande que je ne l'étais, cependant... Tu pourrais peut-être la rallonger, mais ce ne serait pas simple à faire, et pour retrouver le tissu et la couleur, quasiment impossible, à moins... Non, non, ne nous compliquons pas la vie. Je pense que le fait de la couper de quelques centimètres serait plus judicieux, et ça lui donnerait un air plus jeune. Il suffit de découdre ce pan perlé, dit-elle en suivant de son index la couture à peine visible à l'œil, de couper les jupons de tulle à la longueur désirée et de replacer le pan comme il était initialement, tout bonnement. Je t'aiderai, ce n'est pas difficile à faire, il faut juste beaucoup de patience et une grande minutie.

Maintenant qu'elle savait qui avait créé et confectionné la robe, Rose était réticente à retravailler le modèle unique, spécialement dessiné pour sa grand-mère.

— Non, mamie, laissons tomber. Jamais je n'oserais mettre les ciseaux dans une telle création...

— Hmmm... Oui, je comprends ton hésitation, ma rose, et j'admire le respect dont tu fais preuve. C'est tout à ton honneur, mais d'un autre côté, je suis certaine que Dior lui-même t'aurait dit qu'il préfère que sa robe soit portée encore une fois, surtout par une jeune, que de la voir s'empoussiérer dans un musée où elle ne sert plus à personne...

— Tu crois qu'il aurait dit ça?

— Absolument! Les créations, quelles qu'elles soient, sont faites pour être vues, appréciées et pour servir. À quoi sert-il de créer quelque chose si personne ne peut l'utiliser? Mon ami aimait dessiner des robes, mais ce qu'il préférait encore plus, c'était de voir une belle femme les porter. Et puis, nous ne la transformerons pas complètement, nous ne ferons que la raccourcir, comme le feraient les couturières pour l'ajuster à ta taille si tu allais à la boutique.

La jeune Montembault regarda un instant la robe, comme si elle pesait les paroles de sa grand-mère, puis elle acquiesça d'un mouvement de la tête.

Rose et Bérengère se mirent aussitôt au travail. Pour égayer l'ambiance, Rose glissa dans le lecteur de CD de sa grand-mère l'album du groupe Pink Martini, que Zachary adorait particulièrement.

— Tiens, écoute ça ! Tu vas aimer, j'en suis certaine, lança la jeune Montembault à sa grand-mère, qui déjà se trémoussait au rythme de la chanson *Je ne veux pas travailler*.

Et c'est sur la mesure de cette musique entraînante qu'elles entamèrent la transformation de la robe. Pour commencer, elles devaient prendre les mesures de Rose, qui se jucha sur une chaise, afin que sa grand-mère puisse piquer des aiguilles dans le tissu, à la hauteur désirée. À deux, elles passèrent l'après-midi à reprendre la robe de soirée. Travail minutieux s'il en était un, car l'ourlet se composait de nombreuses perles, mais la femme et sa petite-fille possédaient toutes les deux la patience nécessaire pour faire de ce projet une réussite. La jeune femme s'appliquait consciencieusement, car elle avait l'impression que le couturier français se penchait sur son épaule.

Rose appréciait toujours les moments qu'elle passait en compagnie de sa grand-mère. Elle ne pouvait malheureusement pas en dire autant de la mère de sa mère, Marie-Odile, qu'elle ne voyait presque jamais. Et pour cause, Rose avait la certitude que sa grand-mère maternelle lui reprochait des choses. Qu'elle ne l'aimait pas.

— Alors ? demanda Bérengère, tandis qu'elle recousait les perles qu'elles avaient dû découdre pour parvenir à défaire l'ourlet.

Rose leva les yeux de l'ourlet en question.

— J'avance tranquillement, j'essaie de reprendre le même point de couture que la couturière qui était chargée de ce travail. Ils sont minuscules, mais je pense que j'y arrive…

— Non, non, ma rose, je ne parle pas de la robe. Je te parle de ta relation avec ton amoureux et de celle avec tes parents !

— Oh, ça ! Eh bien, avec Zachary, c'est merveilleux. C'est le garçon le plus extraordinaire que je connaisse et j'en suis complètement amoureuse. Notre rencontre est encore récente, et pourtant, j'ai l'impression de le connaître depuis toujours. Nous nous entendons tellement bien, jamais de discorde, jamais de reproches, tout est parfait. Il est parfait. Et tu sais quoi ? Il est fait pour moi.

— C'est effectivement l'impression qu'il m'a donnée, bien que je l'aie vu trop rapidement à mon goût, mais je pense que c'est quelqu'un de bien. Et bel homme en plus! s'exclama Bérengère, tout en continuant de perler l'ourlet de la robe. La prochaine fois, j'aimerais que vous restiez un peu plus longtemps, par contre... Je suppose que c'est avec lui que tu iras au bal?

— Oui, évidemment. Personne d'autre ne pourrait m'accompagner...

Bérengère secoua la tête en accord avec sa petite-fille.

— Et tes parents? enchaîna-t-elle sans préavis.

— Eux! Pff, je n'ai rien de plus à te dire que la dernière fois. Ils ont l'esprit obtus et, plus le temps passe, plus je découvre d'autres façons de vivre, plus je m'aperçois que je n'ai absolument rien en commun avec eux.

La grand-mère prit un petit ciseau joliment ouvragé pour couper le fil qui reliait encore son aiguille à la perle. Elle regarda un instant son travail et donna un petit coup de tête, comme pour approuver la qualité de son ouvrage. Puis, elle laissa tomber:

— Ce sont tout de même tes parents.

Rose ne répondit pas, elle poursuivit sa couture.

— Je sais que tu crois qu'ils ne te comprennent pas et que vous êtes totalement différents. C'est normal, je pense que tous les jeunes se sentent incompris, mais ce sont tes parents et tu verras en vieillissant que tu n'es pas si différente d'eux.

La jeune Montembault haussa les sourcils en relevant la tête.

— Arrête, mamie. Je ne ressemble en rien à Gabrielle ni à Jean-Michel, je suis à l'opposé de ce qu'ils sont…

— Oui, sur certains points, je te l'accorde. Ta mère est d'une rigidité navrante et ton père s'est perdu quelque part le jour où il a gagné de l'argent. Tous les deux sont profondément persuadés que c'est le fric qui fait tourner le monde et que, sans un sou, on ne peut qu'être malheureux. Ta mère ressemble à sa mère, qui elle ressemble à sa propre mère. C'est un trait de caractère chez les Montembault et cela vient de cet esprit batailleur de ton arrière-grand-mère. Elle a travaillé si fort pour arriver à ses fins que, la seule chose qu'elle a léguée à ses enfants, et plus particulièrement à ses filles, c'est son ambition et son obstination. Elle en a oublié tout le reste. Et ton père tient, lui, de ton grand-père Antonin. Antonin était du genre à travailler et à ne faire que ça. Aujourd'hui, on appelle ça un *workaholic*, je crois. Son but dans la vie était d'amasser le plus de sous possible, investir, investir et investir afin de grossir toujours plus son capital. Mais moi, je ne suis pas comme ça. J'ai des principes, mais je ne pense pas que l'argent fasse le bonheur, bien au contraire. Il est vrai que je n'ai pas à me plaindre de ce qu'il m'a laissé, je connais des personnes de mon âge qui vivent pauvrement. Peut-être avait-il raison, au fond. Quoi qu'il en soit, l'argent aura été tout au long de nos quarante-deux années de mariage le principal sujet de nos disputes. Disputes qui furent parfois dignes des grandes tragédies grecques, ajouta Bérengère en souriant. J'ai toujours été navrée de voir ce même trait de caractère chez Jean-Michel. Mais ton grand-père possédait également un esprit flexible et un besoin presque quotidien de prendre du bon temps, soit en allant au théâtre, en invitant des amis ou en lisant un bon livre, ce dont ton père n'a pas hérité, malheureusement. Jean-Michel est si strict que, par moments, il m'ennuie profondément. (Rose ouvrait de grands yeux amusés.)

J'ai très souvent envie de le prendre par le bras et de le secouer en lui disant de lâcher prise, de s'amuser, qu'il en a le droit. Mais que veux-tu ? Nous ne pouvons rien y faire, et puis, c'est mon fils, je l'aime comme il est. Ce que j'essaie de te faire réaliser, ma rose, c'est que l'on ne choisit pas sa famille : on choisit ses amis et son amoureux, mais pas sa famille, et l'on doit apprendre à faire avec. Tu as l'impression que tes parents ne te comprennent pas et tu as certainement raison, mais toi, est-ce que tu les comprends, fais-tu cet effort ? Ils sont comme ça, c'est ainsi qu'ils pensent, tu ne peux leur demander de changer leur mentalité du jour au lendemain. Dès votre naissance, à Antonin et toi, ils ont nourri des rêves pour vous, évidemment en fonction de leurs propres intérêts, comme tout parent, je suppose. Alors, comment crois-tu qu'ils vivent vos décisions, qui ne ressemblent en rien à ce qu'ils avaient imaginé pour vous ? Certains parents le prennent mieux que d'autres, comme ça semble être le cas des parents de ton Zachary, mais qui te dit qu'ils n'espéraient pas que leur fils devienne lui aussi comédien ? Ne penses-tu pas que tu puisses décevoir tes parents tout autant qu'ils te déçoivent parfois ? Tu n'as pas emprunté le chemin qu'ils avaient tracé pour toi, tu dois maintenant tolérer qu'ils ne l'acceptent pas aussi facilement que tu l'aurais espéré. Tout parent a des rêves pour ses enfants, mais très peu songent au fait que leurs enfants auront un jour leurs propres rêves, et c'est là, généralement, que la fissure se produit. Elle n'est pas irrémédiable, il faut simplement se laisser du temps, réciproquement.

Rose resta muette, elle feignait toujours de coudre, mais elle n'avait pas perdu une seule parole de ce que venait de lui dire Bérengère.

— Ma rose, si tu veux que Gabrielle et Jean-Michel t'appuient, c'est à toi d'aller vers eux. Tu dois prendre le temps de leur parler, tu dois leur expliquer quels sont tes besoins, tes rêves et tes objectifs. Tu dois également leur faire part de ton admission au cégep, je pense que tu as déjà trop attendu. Mais fais-le avec intelligence et délicatesse, ne leur lance pas ça au visage comme une punition parce qu'ils ne te comprennent pas et que leurs opinions n'ont aucune influence sur tes choix! Parce que tu sais que c'est faux. Si c'était le cas, tu le leur aurais annoncé depuis longtemps et tu te moquerais complètement de ce qu'ils pensent. Mais cette nouvelle que tu leur caches t'obsède et je vois très bien que tu vis mal toute cette tension entre vous. Je me trompe ?

Rose, le nez toujours penché sur l'ourlet, opina du bonnet par petits coups. Puis, en silence, elle se leva pour venir se blottir contre la poitrine de Bérengère, le visage en pleurs. Celle-ci referma ses bras autour d'elle sans rien ajouter. Tout avait été dit.

CHAPITRE 9

❧

— Ah, vous voilà enfin ! lança Jean-Michel en regardant sa montre, tandis que Rose et Antonin faisaient leur entrée dans la cuisine en même temps.

Il était sept heures trente et ils étaient étonnés que leur père les accueille ainsi pour le petit-déjeuner. Habituellement, Jean-Michel était déjà parti travailler.

— Nous avons rendez-vous ce soir à dix-neuf heures au collège Brébeuf pour une rencontre avec les professeurs et la direction. Nous allons donc souper plus tôt.

— Ce soir ? s'écria Rose en étirant le bras pour se saisir d'une grappe de raisins.

Elle tentait de se donner une contenance et de ne pas paraître trop incertaine des événements.

— Oui, ce soir, répéta son père. Ça pose problème, tu avais quelque chose d'autre de prévu ?

Rose reposa la grappe dans le panier de fruits, elle n'avait plus vraiment faim.

— Mais… il est encore tôt, il me semble ! fit-elle remarquer, en se rendant à l'évier pour y prendre un verre d'eau.

Faisant ainsi dos à ses parents, elle se disait qu'ils ne percevraient pas l'immense inquiétude qui marquait ses traits.

— Tôt, mais enfin, ma chérie, nous sommes en juin, je trouve au contraire qu'il est bien tard, rectifia Gabrielle en se versant une tasse de café.

Rose ferma les yeux un instant. Elle savait que le temps était venu de leur annoncer ce qu'elle reportait depuis des semaines maintenant. Elle devait le faire. Elle aurait tant aimé que Bérengère se trouve à ses côtés, mais il était trop tard pour l'appeler. Elle avait maintes fois imaginé la scène, mais pas une seule fois comme celle qui se jouait là, au beau milieu de la cuisine, de si bonne heure.

— J'ai quelque chose à vous dire… bredouilla-t-elle sur un ton à peine audible.

— Oui, quoi ? demanda aussitôt sa mère, soudainement inquiète par l'intonation de la voix de sa fille.

Nerveusement, la jeune Montembault se mit à jouer avec une mèche de ses cheveux. Elle leur fit face, lançant au passage un regard à Antonin, comme pour quérir son aide. Elle savait qu'elle pouvait compter sur lui et qu'il viendrait à son secours si c'était nécessaire.

— Voilà... je...

Gabrielle et Jean-Michel se tenaient debout devant elle. Ils déposèrent sur le comptoir les ustensiles, le pot de confiture aux fraises et le pain pour l'écouter, comprenant que la chose devait être grave. Et cette écoute attentive impressionnait encore plus Rose.

— Je ne sais pas comment vous dire ça, car je sais que ça ne va pas vous plaire.

— Tu peux tout nous dire, tu le sais, tentait de la rassurer sa mère, en posant sa main sur l'épaule de sa fille.

— Justement, non. Vous n'écoutez que ce qui fait votre affaire. Si nous avons le malheur de penser autrement, vous vous fermez comme des huîtres.

Gabrielle et Jean-Michel se regardèrent, franchement étonnés par cette affirmation de Rose, comme s'ils avaient toujours considéré que leurs enfants partageaient leurs idées. Bien entendu, ils savaient que Rose et Antonin avaient leurs propres opinions sur certains sujets, mais la remarque de leur fille leur apprenait tout à coup l'existence de divergences importantes, dont ils n'avaient jamais été conscients.

— Mais enfin, nous sommes à l'écoute de vos besoins, se défendit Gabrielle, soudain mal à l'aise.

— Non, vous ne l'êtes pas, sinon vous auriez tenu compte de ce que je vous dis depuis des mois...

— Et que nous dis-tu depuis tout ce temps que nous avons ignoré ? l'interrogea Jean-Michel, en croisant les bras sur sa poitrine.

Rose hésita. Elle était sûre que, dès qu'elle lâcherait le morceau, une crise allait éclater. L'instant qu'elle vivait était fragile et elle réalisait pleinement qu'après, les choses changeraient. En bien ou en mal, mais elles ne seraient plus jamais pareilles à la suite de l'aveu qu'elle s'apprêtait à leur faire.

— Vous n'entendez pas mes paroles quand je vous dis que je ne veux pas aller dans un de ces collèges où vous tenez à tout prix à nous envoyer.

— Quoi ? s'étonna Jean-Michel en ouvrant grands les yeux.

— Je ne veux pas aller à André-Grasset et encore moins au Collège Brébeuf. Je parle ici en mon nom, bien sûr. Antonin, ça lui est égal, précisa-t-elle en regardant son frère, qui avait pris place derrière le comptoir. Je ne veux pas devenir chirurgienne, avocate ou ingénieure...

Rose n'avait pas employé la tactique qu'elle avait si souvent répétée en songeant à cette scène. Non, en réalité, ce n'était pas comme ça qu'elle avait imaginé la discussion. Mais c'était là et maintenant que la situation allait se régler. La vérité sortait enfin et la façon dont elle la formulait importait peu.

— Depuis toujours, vous vous figurez que nous souhaitons suivre vos pas ou ceux de la famille, mais il n'en est rien. Pourtant, jamais vous nous avez demandé notre avis. Je n'ai pas tes grands espoirs, maman, je ne suis pas obnubilée par l'argent, papa, et encore moins par cette ambition qui semble prédominante dans la famille. Je ne suis pas une Montembault dans l'âme, ni une Fortin. Je suis simplement Pink, la fille qui souhaite devenir artiste peintre et... qui a été acceptée au cégep du Vieux Montréal.

Voilà, c'était dit. Rose était terrifiée par la suite des choses, mais elle se sentait également libérée d'un poids qu'elle traînait depuis trop longtemps.

— Quoi ? s'écrièrent Gabrielle et Jean-Michel simultanément.

— Tu as fait une demande dans un cégep sans nous en avoir parlé ? C'est quoi, cette histoire ? demanda son père, mécontent.

— C'est simple, j'entre en septembre au cégep du Vieux Montréal en arts plastiques, répondit Rose en se redressant, prête à faire face à son père et à sa mère.

Ceux-ci la toisaient, comme si elle venait de leur annoncer qu'elle était recherchée par la CIA et le FBI, et qu'elle allait être jugée à la Cour internationale de justice de La Haye pour crimes contre l'humanité.

Rose, quelque peu impressionnée par le regard austère de Gabrielle et de Jean-Michel, décida malgré tout d'y faire face. C'était à eux d'accepter ce qu'elle était réellement.

— Mais voyons, ma chérie, nous en avons déjà parlé. Je crois que tu nous fais un caprice, là, émit doucement Gabrielle, comme pour calmer les tensions. Tu es nerveuse à l'idée d'entrer dans l'une de ces prestigieuses écoles. C'est vrai que la barre est haute, lorsqu'on fait partie d'un de ces collèges, et c'est tout à fait normal de te sentir intimidée, mais tu verras que tout va très bien se passer. Après quelques jours seulement, tu y seras comme chez toi !

— Non, maman, tu te trompes, je ne suis pas intimidée par ces écoles. Au contraire, elles me laissent plutôt froide. Je ne veux pas y aller, tout simplement. En septembre, j'entre au cégep, voilà tout.

— Au cégep ? Mais pour y faire quoi ? s'écria Jean-Michel.

Ne sachant où donner de la tête, le père de Rose allait et venait dans la pièce, puis vint enfin se planter devant elle, les poings sur les hanches.

— Je viens de vous le dire, je suis acceptée en arts plastiques...

— Mais ce n'est pas un métier, nous avions convenu que c'était un passe-temps !

— Non, *vous* aviez convenu de cela, mais je n'ai jamais partagé votre opinion.

Un lourd silence s'installa dans la pièce. Antonin restait muet dans son coin, car il avait l'impression que son intervention n'apporterait rien de plus à la discussion. Il connaissait assez ses parents pour comprendre à ce stade-ci de la conversation qu'ils n'avaient toujours pas accepté le choix de sa sœur. De leur côté, Gabrielle et Jean-Michel se regardaient, mais ne disaient rien, encore abasourdis par ce qu'ils venaient d'apprendre. Seuls leurs regards semblaient établir quelque échange silencieux entre eux. Quant à Rose, elle se sentait mal et tentait de réprimer un léger tremblement, mais d'un autre côté, elle éprouvait un énorme soulagement. Elle aurait tant aimé que Zachary et Bérengère se trouvent à ses côtés.

À cet instant, la sonnerie de son téléphone cellulaire tinta. Rose tourna le dos à ses parents pour répondre. La conversation dura quelques secondes durant lesquelles Gabrielle et Jean-Michel échangèrent quelques mots. Elle se retourna pour leur faire face.

— C'était Zachary. Pendant que nous y sommes, pourquoi refusez-vous de le rencontrer ? J'ai soupé avec ses parents je ne sais pas combien de fois et vous, vous n'avez même pas daigné l'inviter. C'en est gênant. Pourquoi, parce qu'il travaille dans un garage, c'est ça ?

— Je pense effectivement que ce garçon n'est pas pour toi, tu feras certainement la connaissance de jeunes hommes très intéressants lorsque tu seras au collège, répondit son père.

Cette fois, Rose ne put en supporter davantage. Ils n'avaient toujours pas écouté ce qu'elle avait enfin eu le courage de leur dire. Ils restaient sur leurs positions, croyant la faire changer d'idée en ignorant ses propres volontés. Elle sentit monter en elle une colère qu'elle espérait pouvoir contrôler.

— Je viens de vous dire que je n'irai pas dans vos foutus collèges, jamais! Vous ne comprenez JAMAIS! Dès septembre, je fais mon entrée au cégep du Vieux Montréal, que ça vous plaise ou non! Et pour ce qui est de Zachary, je trouve finalement que c'est une bonne chose qu'il ne vous ait jamais rencontrés, car très honnêtement, vous m'auriez fait honte. Vous êtes si... arriérés, si snobs!

Sans un mot de plus, Rose s'élança hors de la cuisine pour s'enfuir aussi vite que possible de la maison. Quelques secondes s'écoulèrent avant que le moteur bruyant de la vieille Cadillac démarre et que le bolide s'éloigne dans le vrombissement assourdissant qui le caractérisait.

Gabrielle et Jean-Michel demeuraient là, déconcertés par le comportement inexplicable de leur fille, lorsqu'ils entendirent dans leur dos :

— Bravo, vous êtes forts. Dans la catégorie « quoi faire pour se fâcher avec votre fille », vous venez de remporter le premier prix ! Pfff, vous êtes pathétiques ! les sermonna Antonin, qui quitta lui aussi la pièce, laissant ses parents totalement médusés.

•◆•

Lorsque Rose gara la voiture devant la maison de Bérengère, elle n'en descendit pas tout de suite. Les deux mains sur le volant, le regard dans le vide et la rage au cœur, elle sentit rouler sur ses joues les larmes qu'elle avait tenté de contenir. Ne pouvant plus se retenir plus longtemps, elle se mit à pleurer, sans réserve. C'était la première fois qu'elle tenait tête à ses parents de cette façon. Bien entendu, il y avait souvent eu quelques frictions, des mésententes et des discordes, mais jamais elle ne leur avait fait face ainsi, avec opiniâtreté et conviction. Généralement, elle pliait pour éviter toute confrontation, se réfugiant dans sa chambre pour pleurer sur son triste sort. Mais là, elle n'avait pas baissé les bras.

Malgré le malaise qu'elle ressentait au fond d'elle, elle était contente de ce qui venait de se passer. Enfin, ils savaient. Elle était délivrée de ses stupides cachotteries. Elle leur avait dit ce qu'elle avait à leur dire, c'était fait.

Elle essuya ses larmes avec sa manche et sortit de la voiture afin d'aller sonner chez Bérengère, lorsqu'elle l'aperçut à la fenêtre, regardant dans sa direction. Elle comprit aussitôt que ses parents venaient de téléphoner à sa grand-mère. Ils avaient deviné qu'elle irait chercher refuge chez elle. Rose demeura un instant sur le trottoir, puis elle lui souffla un baiser et fit demi-tour pour remonter dans son bolide. Puis elle vit Bérengère lui faire un signe de la main que Rose interpréta comme une bénédiction.

Elle aurait pu trouver refuge auprès d'elle. Bérengère l'aurait accueillie à bras ouverts, mais Rose avait alors songé qu'elle devait assumer ses paroles et ses gestes en ne déposant pas son fardeau sur les frêles épaules de celle qui l'avait toujours appuyée. Bien entendu, Bérengère aurait pris sa défense devant ses parents et elle aurait tenté de leur faire entendre raison, mais encore une fois, la vieille femme se serait retrouvée dans un rôle d'opposante. Bérengère n'avait déjà pas la cote auprès de Gabrielle et cela n'aiderait en rien la situation. Non, Rose décida qu'il lui fallait mener son combat seule, car il s'agissait de sa propre vie. Elle voulait devenir artiste peintre, elle devait le leur faire accepter. Elle souhaitait qu'ils accueillent Zachary à leur table, elle cher- cherait donc à leur montrer qu'elle l'aimait en dépit de leurs préjugés et de leur petite mentalité étriquée.

Elle fit démarrer la vieille Cadillac, elle avait quelqu'un à voir. Quelqu'un qui saurait la guider et lui fournir les bons arguments.

CHAPITRE 10

Marie-Odile Montembault se tenait debout au beau milieu de son jardin tandis qu'un jardinier et son assistant s'affairaient sous ses ordres. Droite comme un I, elle arborait avec dignité son âge et ce qu'elle était : une femme déterminée qui ne reculait jamais devant les obstacles. Et Dieu sait qu'elle en avait surmonté, comme ce cancer du sein qui avait failli l'emporter quelques années auparavant. Une étonnante aura de force entourait cette femme et cela avait toujours grandement impressionné Rose, sa petite-fille.

Celle-ci demeura sur l'immense galerie de teck à l'observer pendant un moment. Rose savait qu'elle devait s'avancer et affronter tout ce qu'elle représentait. Marie-Odile était le pilier central de cette famille et les décisions passaient par elle. Rose devait lui exposer clairement ses propres volontés. Elle descendit lentement les quelques marches, puis emprunta le chemin de pierres jusqu'à sa grand-mère, qui se retourna avec une vivacité étonnante en entendant les pas de la jeune femme.

— Tiens, tiens, tiens, qui voilà! Bonjour, Rose, il y a longtemps que je t'ai vue... Je crois que ça remonte à Noël, si je ne me trompe pas.

— Effectivement... aux fêtes, répondit la jeune Montembault. Bonjour, grand-mère.

La femme la regarda un instant en plissant les yeux.

— Tu n'es pas en cours?

— J'avais à vous parler...

Marie-Odile eut un léger mouvement de la tête, comme si elle était étonnée.

— Et si nous marchions un peu, suggéra-t-elle en passant son bras sous celui de sa petite-fille, la journée s'annonce si belle.

Et elles partirent d'un pas lent entre les rangées de fleurs et d'arbustes qui embaumaient leur chemin. Pendant quelques minutes, elles ne dirent rien, appréciant tout simplement le moment, le temps exquis et le paysage bucolique qu'elles admirèrent en silence. La maison de Marie-Odile Montembault se campait sur le bord de la rivière des Mille-Îles, et le terrain qui l'entourait était non seulement grand, mais d'une rare beauté, dans ce lieu si près de la ville. On s'y sentait comme à la campagne et non à quelques kilomètres du centre-ville de Montréal. Au bout d'un instant, Marie-Odile demanda enfin, d'une voix douce, mais empreinte de volonté :

— Que me vaut cette visite, Rose ? Je suppose qu'elle n'est pas de courtoisie. Ne me dis pas que tu rêvais de découvrir mon jardin, j'en serais fort étonnée...

Sa petite-fille posa ses yeux bleus sur elle. Elles avaient le même regard, héritage commun de la grande et unique Rose Montembault.

— J'aimerais pourtant qu'il en soit ainsi, grand-mère...

— Mais ?

— Mais... Je ne me suis jamais sentie la bienvenue dans cette demeure...

— Oh ! Tu m'en vois navrée, très sincèrement. Mais je t'assure que tu te méprends, car de tous mes enfants et petits-enfants, tu es certainement celle que je préférerais voir plus souvent.

La jeune femme resta silencieuse. Elle avait l'impression que cette journée était celle des confidences, celle où les vérités seraient enfin dites et où on remettrait les pendules à l'heure.

Rose songea que cette étrange journée allait forcément se clore de manière différente.

— J'ai toujours pensé que vous ne m'aimiez pas, avoua-t-elle enfin.

— Quelle drôle d'idée ! Et pourquoi est-ce que je ne t'aimerais pas, dis-moi ?

— Parce que je ne corresponds pas à votre idéal, au modèle que vous souhaitez avoir dans la famille…

— Je suis franchement surprise par ce que tu me dis là, Rose. Un idéal familial… Tiens donc ! Et qui a bien pu te mettre de telles sottises dans la tête ? Tes parents ?

Rose s'arrêta de marcher pour faire face à la vieille dame, qu'elle fixa d'un regard interrogateur, curieuse de savoir où celle-ci voulait en venir.

— Tes parents sont des idiots et ta mère a toujours été une sotte. Elle a toujours pensé, même lorsqu'elle était enfant, que l'ambition est synonyme de réussite et de bonheur. J'imagine que tout cela est en partie de ma faute, puisque je lui ai en quelque sorte transmis cette image en étant moi-même une femme de carrière. Mais je le regrette, crois-moi. À mon avis, Gabrielle n'a jamais compris les subtilités de la vie et elle n'a jamais pu faire la différence entre ses propres besoins et ceux de la famille Montembault. Ton arrière-grand-mère était une femme de caractère, comme tu le sais, et elle s'est battue pour avoir une carrière. Elle s'est battue pour faire admettre ses droits non seulement au sein d'une société patriarcale, mais aussi dans sa propre famille. Je crois que ta mère voit là-dedans une lutte à poursuivre, même si aujourd'hui ce n'est plus réellement nécessaire.

Rose dévisagea Marie-Odile, incertaine de bien saisir ses propos.

— Le combat qu'a mené ton arrière-grand-mère était honorable et, sans ce genre de femmes, nous serions encore derrière nos fourneaux à n'avoir aucun droit juridique de nous exprimer, à n'avoir aucun droit, point. Eh bien, que ce combat se poursuive toujours ! Nous avons encore des droits à faire valoir de nos jours, comme l'équité salariale, bien que nous n'ayons plus à prouver quoi que ce soit quant à l'égalité des sexes, du moins d'un point de vue professionnel et, je précise, dans notre société occidentale. Nous pouvons devenir médecin, astronaute, premier ministre et même demeurer à la maison à élever nos enfants si nous le souhaitons… Nous décidons nous-mêmes de notre avenir. Ce que j'essaie de t'expliquer, c'est que tu dois avant tout faire les choses que tu as envie de faire et que chaque femme doit mener son propre combat. Tu dois te réaliser selon un mode de vie qui correspond à ce que tu es, et ça, ta mère ne semble pas l'avoir compris. Elle pense encore, comme son aïeule, qu'une femme doit devenir professionnelle pour être heureuse. Il ne faut pas lui en vouloir, c'est de moi qu'elle tient ça. J'ai pris conscience trop tard de ce que tentait de nous enseigner ma propre mère.

— Vous êtes en train de me dire que j'ai raison de vouloir devenir artiste peintre et de tenir tête à mes parents ?

— Tout à fait ! s'exclama Marie-Odile dans un sourire des plus charmants. C'est ce que Rose Montembault prêchait : se réaliser pour être entier. Réussir sa vie veut dire être en accord avec ses propres choix, quels qu'ils soient.

— Donc, vous allez pouvoir m'aider à leur faire comprendre ce que je veux ?

La vieille femme passa sa main sur les cheveux de sa petite-fille, le regard empreint d'une grande fierté.

— N'est-ce pas le rôle d'une grand-mère d'intervenir auprès des parents pour le bien de ses petits-enfants ? Je parlerai à tes parents, tu peux compter sur moi.

Rose enlaça sa grand-mère dans un élan d'amour et celle-ci referma ses bras autour de sa descendante.

— Alors ? reprit-elle. Ai-je maintenant acquis le droit de te voir plus souvent ?

Rose se passa la langue sur les lèvres, comme si elle réfléchissait à ce qu'elle allait répondre.

— À une condition.

— Laquelle ? dit la femme en retenant un sourire devant la détermination de l'adolescente.

— Que je puisse vous présenter mon petit ami, Zachary.

— Attends, laisse-moi deviner. Tes parents ne souhaitent pas le rencontrer parce qu'il ne fait pas des études supérieures.

La jeune Montembault lui fit une grimace, puis expliqua :

— Il travaille au garage de son oncle, mais il va poursuivre des études en sciences politiques internationales…

— Mais alors ! Cela aurait dû leur plaire !

— Oui, mais je n'avais pas envie qu'ils l'invitent à cause de ça, justement. Je voulais qu'ils l'acceptent comme il était, alors je ne le leur ai pas dit.

La grand-mère de Rose la serra de nouveau contre elle.

— Tu es bien une Montembault. Aussi têtue que ta grand-mère !

◦•◦

L'après-midi même, dans la maison de Jean-Michel et de Gabrielle Montembault-Fortin.

— Gabrielle, que souhaites-tu dans la vie pour tes enfants, tu dois te poser la question ? demanda Marie-Odile à sa fille qui, elle, se demandait bien ce que sa mère lui voulait exactement.

Elle avait été drôlement surprise de voir sa fille revenir à la maison avec sa grand-mère. Lorsque Rose avait quitté la demeure le matin même, visiblement ébranlée par leur conversation, Gabrielle avait d'abord songé qu'elle se réfugierait chez sa grand-mère paternelle. Elle s'était empressée de lui téléphoner pour lui expliquer la situation. Bérengère avait alors écouté sa belle-fille sans l'interrompre, mais n'avait rien dit. Elle lui avait simplement confirmé que si Rose se présentait chez elle, elle lui dirait de téléphoner à ses parents. Que c'était la seule chose qu'elle pouvait faire. Mais Gabrielle avait très bien senti les reproches dans la voix de sa belle-mère.

Pour sa part, quand Bérengère avait vu la Cadillac de sa petite-fille se garer devant la maison et que celle-ci était repartie aussitôt sans venir la trouver, elle avait souri intérieurement en voyant la jeune femme remonter dans sa voiture. Elle sut dès lors que sa rose était décidée et qu'elle était enfin prête à faire face à ses parents et à elle-même. Son départ témoignait de sa volonté d'affronter les opinions de sa propre famille sans chercher à venir se réfugier dans les jupes de sa grand-mère. Bérengère s'était réjouie de voir Rose prendre sa vie en main.

— Mais je veux leur bonheur, mère.

— Alors, qu'attends-tu pour le leur offrir ?

— Mais, c'est ce que nous nous évertuons à faire.

— En leur imposant des choix qu'ils ne désirent pas !

— Mais enfin…

173

— Gabrielle... chère petite sotte. Le bonheur ne se calcule pas en fonction du chèque de paye, ni dans la reconnaissance d'autrui. Le bonheur, c'est quand tu as la certitude d'être en accord avec toi-même. Depuis que tu es toute jeune, tu te figures qu'un statut t'offrira la félicité, mais il n'en est rien. J'ai rencontré dans ma vie des gens qui occupaient des emplois tout à fait ordinaires, sans prestige, et qui s'épanouissaient entièrement dans ce qu'ils faisaient. Ta fille veut faire ses études en arts, et alors ? C'est sa vie, pas la tienne. Lorsque tu as décidé de devenir chirurgienne, je t'ai laissée faire, mais si tu avais voulu être secrétaire, j'aurais fait la même chose.

— Mais, nous avons toujours fonctionné ainsi dans la famille, se défendit Gabrielle en regardant Jean-Michel pour qu'il lui vienne en aide.

— Oui, ta grand-mère s'est battue pour nous, mais ce qu'elle tentait de nous montrer avant tout, c'est qu'il faut faire quelque chose qui nous rend heureux. Qu'il faut que nous allions au-delà de nous, de nos limites. Ta fille est une vraie Montembault de par sa force de caractère et sa grande volonté. Elle sait ce qu'elle veut et elle fait ce qu'il faut pour l'atteindre, c'est exactement ce que ta grand-mère voulait que nous fassions. Je suis persuadée que Rose Montembault aurait été très fière de son arrière-petite-fille et qu'elle aurait reconnu en elle toute sa détermination et sa force.

Rose était assise à côté de Marie-Odile et ses parents lui faisaient face. Elle voyait très clairement dans leur visage le chemin que traçaient les paroles de sa grand-mère dans leur esprit. Ils assimilaient les événements qui venaient de se dérouler.

Gabrielle releva dignement la tête puis dit à sa fille :

— Nous sommes désolés, Rose. Nous allons faire des efforts pour mieux te comprendre et, pour commencer, je veux que tu invites Zachary à souper avec nous ce soir. Mère, vous resterez également, nous inviterons Bérengère à se joindre à nous.

Gabrielle se tourna vers Jean-Michel qui la dévisageait, le regard légèrement amusé et elle lui lança :

— J'ignore pourquoi, mais je me sens très bien !

Rose jeta un coup d'œil à sa grand-mère, tout sourire, ses yeux se perlant de larmes.

Jamais elle ne s'était imaginé une telle tournure des événements. Jamais, même dans ses rêves les plus fous, elle n'avait songé à ce dénouement. La vie est tellement surprenante qu'il est presque impossible de prévoir son déroulement, trop de facteurs entrent en jeu.

CHAPITRE 11

La Cadillac Cimarron 1988 remonta lentement la rue pour faire son entrée dans l'allée pierrée de la vieille demeure ancestrale. La portière s'ouvrit sans émettre le moindre bruit et Zachary en sortit, magnifiquement vêtu d'un smoking de couleur bleu pétrole, taillé sur mesure. Il referma la portière en jetant un coup d'œil à la voiture, satisfait. Tranquillement, il parcourut l'allée et sonna à la porte qui s'ouvrit quelques secondes plus tard sur Antonin, lui aussi vêtu d'un élégant costume noir. Les deux garçons se serrèrent la main en souriant, tandis que le jumeau entraînait le jeune homme à sa suite.

— Ce ne sera pas long, elle finit de s'habiller.

Au même moment, Gabrielle apparut dans le salon. Elle détailla les deux garçons.

— Vous êtes tous les deux magnifiques, s'exclama-t-elle en écrasant une larme qu'elle sentait poindre. Ah, j'allais oublier l'appareil photo, je reviens... Rose ne tardera plus très longtemps, dit-elle à Zachary en lui décochant un clin d'œil avant de disparaître.

En sortant, elle croisa Jean-Michel qui entrait, à son tour, dans la pièce.

— Wow! très classe, ce smoking, Zachary, très classe!

— Bonjour, monsieur, salua l'interpellé en tendant la main au père de sa copine.

— Et toi, Antonin, tu es bien mon fils, un rien t'habille! Tu as fière allure, fit-il en tapant légèrement l'épaule du jumeau, l'air heureux.

Reportant son attention vers Zachary, il ajouta:

— Elle est prête? (Ses paroles s'accompagnaient d'un geste en direction de l'extérieur, le tout teinté d'un air de connivence.)

— Oui, oui, elle est devant la porte.

— C'est parfait, c'est parfait.

Sur ces entrefaites, Gabrielle revint au salon, armée de son appareil photo. Sur une table basse à côté du divan de cuir couleur chocolat, une bouteille de champagne et des flûtes reposaient sur un plateau d'argent. La sonnette d'entrée résonna et Gabrielle s'y précipita avec bonne humeur. Du salon, ils entendirent des rires et des exclamations avant de voir entrer Marie-Odile et Bérengère, suivies de Katrine, qui se dirigea vers Antonin. Il l'accueillit d'un large sourire puis l'embrassa sur la joue.

— Tu es magnifique, lui murmura-t-elle en lui prenant la main.

— Et toi! D'une grande beauté! lui répondit-il en portant sa main à sa bouche pour baiser le bout de ses doigts.

Jean-Michel entreprit alors de déboucher la bouteille pendant que les jeunes discutaient ensemble et que les femmes se saisissaient des flûtes, quand ils perçurent le raclement distinct d'une voix. Les têtes se tournèrent vers l'entrée du salon pour découvrir avec éblouissement Rose qui se tenait dans l'encadrement de la porte.

Elle était absolument sublime dans la robe dessinée pour Bérengère par Christian Dior. Grand-mère et petite-fille avaient passé un temps fou à la reprendre et à perler son ourlet, et le résultat était tout simplement extraordinaire. Pour l'occasion, Rose avait remonté ses cheveux auburn, dans lesquels quelques perles avaient été piquées, rappelant ce détail élégant de la robe. Par chance, elle avait déniché dans une friperie du Vieux-Montréal des escarpins en satin de la même couleur que la robe. Le bleu de minuit et l'auburn de ses cheveux se mariaient parfaitement, formant un équilibre harmonieux. Rose était splendide.

— Tu es magnifique, ma chérie, lança Gabrielle en venant vers elle, visiblement éblouie par sa fille.

Il faut dire que Rose avait l'habitude de ne porter que du noir et ne se montrait que très rarement dans des tenues plus habillées, même lors d'événements spéciaux. Le changement était saisissant.

Gabrielle vint embrasser sa fille, mais elle ne put retenir ses larmes.

— Je suis si fière de toi, dit-elle entre deux sanglots, tandis que Rose la prenait dans ses bras.

Devant toute cette démonstration sentimentale, Bérengère se mit elle aussi à pleurer.

— Christian Dior serait tellement ému de te voir dans sa robe, je le suis, moi. C'est un grand cadeau que tu me fais là, ma rose, un grand honneur. Tu es si belle...

— Ohhh, arrêtez de pleurer, je vais ruiner mon maquillage, lança la jeune Montembault en battant rapidement des cils pour faire sécher les quelques larmes qui s'y accrochaient.

Zachary s'approcha d'elle à son tour, la regarda longuement puis lui déclara :

— *Sei bella il mio amore ! Eres hermosa mi amor ! You're beautiful, my love !* Que tu es belle, mon amour !

Il se pencha vers elle et, sur ses lèvres, laissa un baiser d'une douceur parfumée d'espoir et d'éternité.

— Allons, trinquons ! proposa Jean-Michel, lui aussi ému, en tendant les verres de champagne à chacun.

Il leva le sien puis déclama sur un ton solennel :

— À la fin de votre secondaire, à ce bal des finissants, à vous, à votre avenir et à vos rêves. (Ces dernières paroles, il les avait dites en regardant sa fille dans les yeux.)

Et ils trinquèrent. Rose regarda sa famille et, pour la première fois de sa vie, elle sentait qu'elle en faisait réellement partie. Marie-Odile et Bérengère lui décochèrent un clin d'œil presque en même temps, ce qui fit rire la jeune Montembault. Une phrase qu'elle avait lue quelque part lui revint alors en mémoire :

Il faut se ressembler un peu pour se comprendre, mais il faut être un peu différent pour s'aimer. Elle en saisissait aujourd'hui toute la signification.

— Viens, j'ai quelque chose à te montrer, lui lança Zachary en lui prenant la main pour l'entraîner vers l'extérieur de la maison. Tu te souviens que mon oncle devait refaire tes freins et ton pot d'échappement ? Eh bien, il a terminé ! Je t'ai rapporté ta Cadillac.

Sans attendre, son amoureux lui ouvrit la porte et Rose découvrit dans l'allée sa vieille bagnole entièrement restaurée et peinte en rose. Elle écarquilla les yeux aussi grands qu'il lui était possible de le faire.

— Nous nous sommes permis quelques rajouts, afin que cette belle dame vieillisse en beauté...

— Hein ?! s'étonna Rose. Mais elle est... splendide ! Je n'en reviens pas, c'est toi qui as fait ça ?

— C'est plutôt mon oncle, je n'ai fait que lui donner un coup de main, mais l'idée vient de ton père.

Rose tourna la tête vers Jean-Michel, qui se tenait à ses côtés. Elle le regardait avec gravité, comme si elle cherchait à interpréter son geste. Puis, sans parler, elle se colla contre son torse.

Jean-Michel grimaçait pour retenir les larmes qu'il sentait naître.

— Merci, papa. Si tu savais combien j'apprécie ce que tu viens de faire. C'est un immense cadeau que tu me fais là.

— Je t'aime, ma chérie, ça me fait plaisir.

Au même moment, Bérengère et Marie-Odile sortirent de la maison et la mère de Jean-Michel poussa un cri en voyant son ancienne voiture.

— Ciel, qu'elle est belle ! s'exclama-t-elle, la main sur la bouche, en se remettant à pleurer. Je me sens rajeunir, d'abord la robe et maintenant la voiture…

Zachary saisit Rose par la main et l'entraîna vers la voiture.

— Viens, je te conduis au bal dans ta Cadillac, magnifique Pink !

Rose, Zachary, Antonin et Katrine s'installèrent dans le véhicule, tandis que les haut-parleurs diffusaient l'air planant de *Wish You Were Here*, de Pink Floyd.

Cet ouvrage a été composé en MrsEaves 12,5/14,0
et achevé d'imprimer en août 2010 sur les presses de
l'Imprimerie Lebonfon Inc., à Val-d'Or, Québec, Canada.